魔豆

魔豆

神使繪卷
The Story of GOD's Agents
01

目錄

【人物介紹】

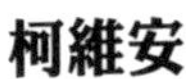

柯維安

繁星大學中文系一年級。
娃娃臉，總是揹著一個大背包。
雖然腦筋動得快，但缺乏體力，
以喜愛不可思議事件及都市傳說聞名。
身為神使，大型毛筆是他的武器，
而他許下的願望，竟連妖怪都難以啓齒！

小白

繁星大學中文系一年級。
在系上作風低調、不常發言，總是獨來獨往，
但似乎隱藏著祕密……
常使用通訊軟體或手機，
與另一端不知名人士聯絡……

曲九江

繁星大學中文系一年級。
半妖，人類與妖怪的混血，
對周遭事物都不放在心上的型男。
多年前發生的某件事，讓他立志成為神使。
出乎意料的喜歡某種飲料！

楊百罌

繁星大學中文系一年級。
是班上的班代，個性高傲、自尊心強，
同時責任心也重；常被認為不好相處。
現為楊家狩妖士當家家主，
因某種原因，渴望成為神使。

珊琳

楊家世代信奉的山神。
綠髮、深棕色的眼睛，且擁有操縱植物的能力。
外型是個小女娃，雖然是山神，
行為卻處處透露著古怪。

楔子

那孩子飛快地在漆黑山林中奔跑著。

即使腳下是濕軟黑土，未著鞋履的雙腳也沒有在上面留下任何淺淺腳印。

在哪裡？神明大人究竟在哪裡？

她心急如焚，拚命尋找，甚至記不得自己是從哪時候開始找，又找了多久？一天？兩天？一年？兩年？

深山讓人對時間的流逝感知變得模糊。

「神明大人！神明大人！」她拉開嗓子喊，細弱的嗓音很快又消失在重重林木中，「您在哪裡？神明大人！」

回應她的依舊是不曾改變的死寂。

她也曾想過離開這座山，到外界尋找，也許神明大人離開這裡了。可是她還沒有辦法離開，她的年紀太小，到外界容易遇上危險，所以神明大人在山裡設立了結界，阻擋妖怪入侵。

除非結界遭毀壞，或是主動吸引妖怪前來……

「妖怪有很多種，有的克制，有的毫不在意傷害他人；有的是唯一，有的無處不在。」

神明大人柔軟又溫和的聲音依然言猶在耳，彷彿從來不曾離去。

「但是，在那些無處不在的妖怪當中，有一種妖怪，是無論神、人類、妖怪都會忌憚的。它們沒有固定形體，如黑霧、如黑氣，擁有一雙血紅色眼睛，潛藏在黑暗裡，等候著濃烈的欲望吸引它們過去。它們有著共同的稱呼，瘴。它們是專門吞噬人心欲望的妖怪，瘴。」

「所以，無論如何都不要讓自己的欲望失去控制，不管好的、壞的。記好了，絕對別主動吸引它們過來……」

她不會的。她搖搖頭，想要對神明大人保證，可是對方卻不在她眼前。

黑漆漆的山林顯得格外寂寥，她瑟縮了一下身體，雙臂環抱自己，然後就在下一秒，發現遠方火光亮起。

她拔起雙腳，飛快地竄躍穿梭，緊接著一個大力躍起，落足於高處樹枝上，背脊弓起，四肢彎曲，將交錯於夜空中的樹枝當作路徑，無聲無息地朝光源處靠近。

不消一會的工夫，她就看見火光的源頭。

她藏身於大樹上，俯視底下的一切景象。

那是傍臨這座山的一處大宅庭園，有人點燃了數個火堆，將正前方的石頭祠堂映得發亮。

左右兩側站著的十幾人，全都恭恭敬敬地低下頭，手中持拿著一座小燭台。

祠堂正面，有三抹人影則拿著線香祭拜。一大兩小，領頭的是名老者，後方是年齡稚幼的男孩與女孩。

她記得那兩個孩子，有十二歲了。

「還有悲傷的味道。」她嗅了嗅，小聲地低語道：「他們失去了誰。」

她知道那些人是什麼人，他們是神明大人的信奉者，每到固定時間，就會舉行祭拜儀式。可是，他們一定還不曉得神明大人已經不在山裡，神明大人消失了。

「神明大人，楊家的人們充滿著悲傷的味道，祭祀者中也少了一對男女。他們的孩子在傷心，他們的家人在傷心。他們跟你一樣，都不見了嗎？」她探出頭，想要看得更清楚一點。

然而，就在突然間，她眼角餘光捕捉到一抹黑影閃過。

她立刻迅速摀住嘴巴、縮起身體，讓背脊緊緊貼靠樹幹，讓身形完全被枝葉隱藏住。

她不知道那是什麼，那是最近這段時間才出現在這山裡的奇怪存在，她很肯定那絕對不是山裡的一分子。

「那存在」就像也在尋找著什麼，出現時總是四處走來走去。

「它」像是裹著大大的黑斗篷，連頭也覆蓋住，臉孔的部分似乎一團漆黑，可是卻有著一雙發亮的可怕紅眼。

她不知道那是什麼，「它」有紅眼睛、潛藏在黑暗裡，但「它」不是黑氣，也不是黑霧。

她用雙手摀住口鼻，輕輕呼吸著，一動也不敢動。

「……它們沒有固定形體，如黑霧、如黑氣，擁有一雙血紅色的眼睛，潛藏在黑暗裡，等候著濃烈的欲望吸引它們過去。它們有著共同的稱呼，瘴。它們是專門吞噬人心欲望的妖怪，瘴。」

「所以，無論如何都不要讓自己的欲望失去控制，不管好的、壞的。記好了，絕對別主動吸引它們過來……」

不，她發誓她不會的。她可以忍耐，她能夠乖乖忍耐，直到神明大人歸來。

閉上眼，她將自己的身子縮得更小，四周一片黑暗，她像是被獨自遺留在這個世界。

一切聲音似乎變得遙遠，她聽不見火堆燃燒的聲音，聽不見楊家人的祈禱詞。

她在心裡默唱著曾在數次祭典上聽過的歌謠。

祭祀的時刻要到、歡慶的時刻要到，山神祭、山神祭，同歡慶……

她一定可以忍耐對神明大人的思念……她可以忍耐的……她可以的……可以……可……

第一章

繁星市是座熱鬧且人口眾多的大城市，便利的大眾交通工具更是令初來此地的外地客忍不住稱道。

但就算是這樣一座大城，在非假日晚上十點過後，大多數店家也紛紛拉下鐵捲門，對外宣告打烊。

街上很快就變得人煙稀少，就連來往的車輛似乎也久久才看見幾輛呼嘯而過，沒一會兒的工夫，又消失在遠端的夜色之中。

深夜特有的寂靜味道迅速籠罩了繁星市，而在偏離市中心的一條巷道內，此刻卻有一抹身影獨自走著。

那人穿著薄外套，雙手斜插在口袋內，漫不經心與悠閒混雜著的姿態，看起來就像特意挑這時間外出散步似地，渾然沒將夜晚可能遇到的危險——打架、勒索、搶劫——放在心上。

透過路燈灑下的銀白光芒，可以看見那人身形修長高大，微鬈的髮絲略長，在頸後還綁著一撮小馬尾。外貌年輕，五官輪廓深刻而英俊，身上還有種慵懶的氣質，是名容易令女性多看幾眼的青年。

毫不在意獨自走在這種一入夜就顯得荒涼的小巷是否危險，青年繼續往前走，直到他注意到一陣格外響亮的粗暴聲音，間或還夾雜著幾句惱火的咒罵。

青年眉一挑，沒立刻折返，反而順著小巷再往前。當他轉過一個轉角，立時看見了那陣噪音的來源。

一個穿著鬆垮西裝的中年人如同洩恨般正踢踹著面前的自動販賣機，還能聽見對方大舌頭地咆哮著：「這爛機器！快把老子的錢吐出來！」

而隨著彼此的距離拉近，對方身上的酒臭味更是濃烈得令人難以忽視。

那是個正在發酒瘋的醉鬼。

忽地，又有一道「唰」的聲音出現。

青年下意識循聲抬頭，正好瞧見附近屋宅有人打開了窗戶。

似乎沒想到自己窺看的舉動被抓個正著，「唰」的聲音隨即再度出現，窗戶快速被關上。

接下來，不管那中年男人如何咆哮咒罵，或是怒踹販賣機，附近也不再見有人開窗探頭向外察看。

每一扇關得緊密的窗戶都像是宣告著自己的漠不關心。

繁星市是座大城市，但這座城市的一些居民也表現出都市人的冷漠和明哲保身。

對此，青年只是唇角微勾起慵懶中帶著譏誚的弧度。無視那名發酒瘋的中年人，自顧自地就要直接走過——要不是他碰巧看見那台販賣機居然有販售草莓蘇打——

青年的腳步不由得停了下來，那似乎只有女孩子才會喜歡的甜膩飲料，不巧正是他的最愛。偏偏市面上不易尋得，如今剛好讓他發現，說什麼都要多屯點貨回去才行。

沒想到這次出門能找到好東西。青年冷淡的眼瞳閃過一絲孩子氣的歡欣，使得他周身疏離的氛圍也減退了幾分。

不管中年人還在辱罵著，青年開口了：「閃開，別擋在前面礙事。」

即使青年的聲音低沉悅耳，可怎樣也無法掩飾他的傲慢及無禮。

乍聞聲響，中年人就像現在才發覺有他人在，動作頓時停下。

「是沒帶耳朵還是聽不懂人話嗎？」見對方背對自己一動也不動，也不像要退開的模樣，青年吐出的句子更加冷酷了，「沒事就閃到旁邊去。」

「我……嗝……」中年人盯著販賣機，上面倒映出他因酒精而通紅的臉。他一邊說話，一邊不時打著酒嗝，「我告訴你，小鬼……我……嗝……我現在心情可是、可是很不爽，我今天被炒魷魚了……炒魷魚你懂嗎？只不過是，只不過是工作上出了點包，那個討人厭的上司就叫我打包東西……而且那個上司就和你一樣，是個……是個傲慢沒禮貌的小鬼！」

中年人忽地又怒吼了一聲，通紅的臉龐倒映在販賣機上，但是他那雙受到酒意侵蝕而顯得混濁的眼睛……似乎出現了某種異變。

不該是人類會有的詭異色澤漸漸擴散。

「給我好好聽清楚了，小鬼就該好好尊敬大人，應該跪下來向大人賠不是！」中年男人的頭倏然轉過，一雙猙獰的眼睛竟猩紅似血。

如果是其他人見到了，這時候一定會臉色慘白、驚慌失措地發出尖叫，並且連滾帶爬地逃離現場，連多待一秒也不願意。

因爲中年人不僅眼睛變成怪異的紅色，他的頭顱……他眞的「只有」頭轉過來而已！

在這種脫離現實的詭異情況下，青年的表情卻沒有改變，還是同樣漫不經心，只是原本在眼中的喜悅像是受人打擾而隱去，冷漠的眼眸銳利地瞇起。

「錯的明明就不是我！我只是不小心……我只是不小心讓公司賠了一點錢！不准、不准……用那種看不起人的眼神看我！」沒注意到青年的態度異於常人，發生異變的中年人就像喪失理智，紅眼散發嚇人的光，身體跟著一百八十度扭轉後，就朝青年攻擊而去。

可是青年的動作竟然比他更快。

一隻修長有力的手臂猛然伸出，張開的五指瞬間一把箝住中年人的脖子。

中年人不敢置信地發出遭到痛擊的呻吟聲，雙手連忙想拔開緊扣自己脖子的手掌。

可緊接著震驚地發現，自己的雙腳居然正逐漸離地。

他浮起來了……不對，他是被人抓著提離地面！

「下跪？你剛說你想叫誰下跪啊，垃圾？」青年嘴角拉開殘忍的笑意。在路燈照耀下，他的瞳孔似乎出現了異於漆黑的顏色，甚至就連髮絲末端也染上狂艷的色彩。

中年人的瞳孔急遽收縮，眼珠則瞪得越來越大，彷彿目睹到了足以令他震懾的景象。

「你是什麼東西？你不是人類！」中年人驚恐地喊，但從他口中喊出的聲音已變得和之前截然不同，簡直就像是有另一個人，或是另一種「生物」藉著他的身體說話。

「我是什麼東西？你以為你夠格知道嗎？」青年冷笑，對發生在中年人身上的改變無動於衷。他單手將對方提得更高，五指收緊，眼中是毫不掩飾的狂暴光芒。

突然間，一道尖銳的抽氣聲劃過小巷。

這陣聲音立即引起青年的注意，他扔下臉漲得青紫的中年人，飛快轉過頭，卻沒想到會撞見一張蒼白又充滿驚懼的臉。

巷口處，一名短髮女孩為時已晚地急急摀住嘴巴，瞪圓的眸子裡滿是害怕的情緒，顯然沒想到自己會意外看見這一幕。

「小瑾？小瑾，妳在哪裡？」又一道聲音無預警自女孩身後的巷內傳出，像是在找人。

似乎正是被呼喚的女孩臉色更白了，她緊揪著自己的衣領，一邊往後退，一邊眼神惶恐地瞥著身後巷子和眼前的青年，「我……我馬上就來了！『趙佩芬學姊』，我馬上就來了！」

當她和青年不偏不倚地對上視線時，再也壓抑不住內心的恐懼，她驚喘一聲，瞬間驚慌失措地轉身逃進另一邊的巷子。

青年沒有追上，最多只輕咋了一下舌。沒有多望倒在地面上的中年人一眼，他只是從口袋裡掏出零錢，做了他原本就想做的事。

碰咚！

草莓蘇打滾落下來，青年滿意地抱著多罐飲料，頭也不回地邁步離去。

他不在意自己剛才的模樣被人看到——就算對方說出去，也不會有人信。

他不在意路邊中年人的死活——那與他本就毫無關係，要死要活都是別人的事。

可說是抱持著利己主義的青年，一點都沒將自身以外的事放在眼裡。因此，他也沒有發現到，自己的影像在這一刻落入了他人的眼中。

——在距離那條小巷好幾條街的一座大樓頂樓，一名年輕人放下眼前的望遠鏡，吐出了一口氣。

「哎呀哎呀，看樣子比想像中的棘手一點，搭檔。目標顯然不太好說話，不過這種小事可也難不倒我。而且這次的觀察也證明了目標相當有價值，實力不錯。」

「同意……有實力以上。」回應年輕人的，是他身旁站立的一抹人影。

聽對方的聲音，可以判斷出是名女孩。只不過她的打扮卻令人無法看清面貌，狐狸面具遮住了她的臉，黑色斗篷裹住她的身體曲線。

「聽起來妳像是想跟他打一場，不過這可不行啊，老大會生氣的。總之，目標之後由我繼續接觸吧。」年輕人笑嘻嘻地說，將望遠鏡丟進自己的大背包內。

「了解……」女孩輕輕地點點頭，明明是優美的嗓音，卻缺乏情緒起伏，「那麼，該執行……第二件工作。」

「明白明白，我這就搭電梯下去。」年輕人從口袋中抓出揉得亂七八糟的帽子戴上。

「不用。節省時間……直接從這裡下去。」女孩的語氣聽起來一點也不像在開玩笑。她確實是說從這裡——從十四樓直接下去。

語畢，不等自家搭檔表示任何意見，女孩從斗篷下伸出白皙纖細的手，抓住對方的衣領。

下一剎那，自高樓頂端眞的躍下了兩抹人影。

「哇啊啊啊啊啊——」年輕人壓著帽子，在高空發出慘叫，「拜、拜託不要每次都不給人心理準備啦！十四樓眞的很高啊啊啊——」

很快地，年輕人就因爲強勁的氣流閉緊了嘴。而在短短時間內，女孩也拎提著他降落到地面。

她的斗篷就像黑羽翼般翻掀起再落下，雙腳則像貓掌般落地無聲。

「明白……以後十四樓以上的高度，都會先給予提醒。」女孩說，語氣沒有一絲紊亂。

「就算是十三樓，對一般人類也是高得嚇死人……啊哈哈哈哈，讓我再蹲一下，我腿都軟了……」年輕人深呼吸了好幾次，確定雙腳不再發軟後，才直起身子。由於帽子在躍下的過程中還是被風吹走了，他乾脆將額前的頭髮全都往後撥，露出額上的第三隻眼。

不，那並不是眞的眼睛。仔細一看，就會發現那其實是由金色奇異花紋構成、肖似眼睛的圖案。

「好啦，那接下來……」年輕人的視線盯住了方才他自高樓上觀察到的小巷，拉開一抹大大的開朗笑容，「該『狩獵』啦——這個夜晚，將會非常熱鬧！」

□

駱依瑾一丟下機車，也不管身後一頭霧水的學姊大聲高喊，急匆匆就往鄰近停車場的人文學院奔去。

她腳步飛快，就像身後有什麼洪水猛獸在追趕她一樣。

夜晚的繁星大學如同繁星市般，少了白日的熱鬧活力，取而代之的是大片大片的靜謐。

不過這裡畢竟是年輕學子聚集的校園，宿舍區和便利商店附近，多少還有人聲。

由於人文學院距離便利商店和學校餐廳實在太遠，光是來回就要二十分鐘以上，所以前陣子這裡增蓋了第二家便利商店。

或許也就只有繁星大學裡，會有同一家便利商店的分店吧。

而駱依瑾會急著衝進人文學院，也是因為知道這裡面一定還有人——她記得常會有男孩子在便利商店的露天座位上待到相當晚的時間——就算遇上危險也來得及大聲呼救，再怎樣也一定比和自家學姊慢吞吞留在文院外強得多。

沿著停車場跑進地下一樓，駱依瑾不敢在稍嫌漆黑的走廊上待太久，馬上又三步併作兩步跑上一樓，直到看見設立在中庭仍舊亮著明亮燈光的便利商店，驚慌的心才總算稍稍地穩定下來。

和她預料的一樣，便利商店外果然坐著一些學生在聊天或吃宵夜。

駱依瑾站在走廊上，撫著胸口，吐出了一口憋著的氣。

她是繁星大學中文系一年級學生，今天本來是和同寢的佩芬學姊一起去校外另一位學姊家過夜，借對方的資料來做報告。但卻突然發現自己最重要的課堂筆記和從圖書館複印出來的論文，居然大意忘在教室裡。

如果沒有那些東西，根本沒辦法完成那份明天就得交出去的報告。

別無他法之下，駱依瑾只好央求趙佩芬陪她一塊騎車趕回學校。可是在這之前，她根本沒想到自己只是先離開去牽個車，卻會遇到……遇到……

駱依瑾不由自主打了寒顫，雙臂緊緊環抱住自己，無法抑制住那股由內心裡爬出的懼怕，甚至連腦海也不受控制地浮現先前可怕的畫面。

她原本是想先牽好車，等佩芬學姊下來，可是忽然聽到咆哮聲，才忍不住好奇又繞到另一個方向看。誰知會看見……

駱依瑾一回想起來就臉色蒼白。

那時候，小巷裡路燈光線充裕，足以讓人看清眼前一切景象。自動販賣機前面有人單手掐住一名中年人的脖子，還輕而易舉地將對方提離地面。

一般人根本不可能那麼簡單就做到這種事的，對吧？駱依瑾不自覺掐著自己的手臂，緊咬下唇。

她……她不可能會看錯，那個人……分明就是自己班上的曲九江！

「而且他的眼睛……天啊，他的眼睛……」駱依瑾顫抖地喃喃自語，她沒辦法忘記，也絕不會忘記。

她知道自己沒有看錯，那時候的那名青年，那個曲九江……他的眼睛是銀色的！

人類才不可能有那樣的眼睛！

叮咚！

突來的自動門開啟聲，猛地嚇了駱依瑾一跳。她心臟嚇得差點跳出來，但同時也在瞬間回過神，發現是有人從那家便利商店走出來。

駱依瑾鬆了一口氣，也想起這一趟的目的。

「筆記和論文！」駱依瑾驚呼一聲，急忙掏出手機。距離十點半還有一些時間，十點半一到，教室就會被工友鎖上，到時就得等隔天才會再度開啓。

深怕自己的東西會被鎖在教室內，駱依瑾搖搖頭，暫時用力壓下內心的害怕，快步奔向二樓的教室。

不管怎樣，先拿回筆記和論文，然後再叫佩芬學姊打電話給那位學姊，說自己還是不過去了，再趕緊和佩芬學姊返回宿舍吧。

早知道今天會碰到這種事，昨天就不要和其他人去什麼夜遊了，才會沒時間提早將報告做完……要不是湘婷、惠晴，還有佩芬學姊嫌太無聊，想要找事做……討厭，不想了！趕快東西拿一拿就回宿舍去吧！

在人多的宿舍裡，相信曲九江也不可能敢對她怎樣的。而且宿舍一過十二點，就必須輸入掌紋才能進入。

沒錯，他絕對進不去女生宿舍的。說、說不定他剛才沒看清自己的臉，雖然學姊喊了她的名字……學姊爲什麼偏偏要挑那時喊？不過那只是暱稱，這學校可不只一個「小瑾」……

一邊在內心安慰自己，駱依瑾一邊跑上二樓，來到黑漆漆的教室。

幸好走廊上還留著幾盞燈，不至於讓人伸手不見五指，能大略地見到其他人的身影……

等一下，其他人!?

駱依瑾心臟一跳，腳步登時在門口前硬生生停住。

「誰?是誰在教室裡?」她鼓起僅存的勇氣大喊，這時候就有些後悔剛剛怎麼不等學姊一起上來了。

從她現在站的位置，可以看見教室角落有著一團黑影。昏暗中，乍看下就像有人縮著身子蹲在那裡似地。

「你是誰?是我們學校的學生嗎?」駱依瑾小心翼翼地往內移動一、兩步，手指摸上牆壁，隨即摸到教室電燈和吊扇的開關，「再、再不出聲的話，我就要開燈了!」

然而任憑駱依瑾這樣威脅，那團古怪的黑影還是一動也不動。

見狀，駱依瑾一咬牙，馬上按下開關。

「啪」地一聲，卻是吊扇轉動的嗡嗡聲響起。

什、什麼?按錯了嗎?駱依瑾心頭大驚，忙不迭將所有開關一口氣全部按下。

就在日光燈全數亮起的瞬間，駱依瑾的眼前也猛地撲來一團黑影，兩顆散發詭異光芒的眼睛，是那團黑影身上唯一其他顏色。

駱依瑾恐懼地瞪大眼睛，面龐扭曲，她最後甚至不記得——

自己是否來得及慘叫出聲。

第二章

「所以，初漢這個時代的文學最初發展……」

隨著下課鐘聲響起，站在講台上的文學史教授停下了書寫板書的動作。他瞇眼盯著自己剛寫下的部分，像是在思索要不要利用下課時間繼續講解，但隨後判定這個段落若繼續進行，恐怕不是能立刻收尾的事……

遺憾地放下粉筆，在台下學生暗暗鬆口氣之際，頭髮灰白的教授回到講桌前。他摘下眼鏡、揉揉眉心，就在眾人以爲他要宣布下課時，他卻是以一貫的緩慢語調再度開口。

「嗯……下課前，我們隨機點一下名好了……」

此話一出，台下人頓時兩種心思——一種是竊喜自己今天幸好有來上課；一種是爲沒來的朋友暗叫不妙。

「我看看，今天是十九號……」彷彿沒察覺台下學生的心思，教授拿起學生名單，湊近觀看，「一加九是十，那麼就十號……」

教授的話都沒說完，學號十號的學生已忙不迭地舉手答「有」，就怕教授誤以爲自己不在場，記下曠課的記號。

抬頭看了下回答的學生，教授點點頭，又低頭看著名單：「二十號，駱依瑾……唔，她今天整天都請了病假，就先跳過。三十號，秋冬語……秋冬語？沒來嗎？」

注意到沒有任何回應，教授抬下頭，確定教室裡真的無人舉手後，微皺起眉，「我知道她身體不太好，不過要是不舒服，也該請個病假或拜託同學說一聲……算了，四十號，曲九江……曲九江？」

這一次，還是沒有任何人回應。

教授嘆了口氣，將名單夾入課本內。

「誰和這兩個人同寢的，記得跟他們講一下……要是被我記到三次曠課的話，這堂課也用不著來上了……就這樣，今天的課就上到這裡吧。」

說完這句話，教授收拾好自己的東西就步下講台，走出了教室。

教室裡的氣氛登時活絡起來，眾人可以不用再顧忌地壓低聲音說話。

不管是教室內外，都鬧哄哄的一片。畢竟現在可是中午時間，就算下一堂有課，也是一個小時後的事了。

大部分的學生都在討論待會要吃什麼、去哪裡吃；也有人東西收一收，就想回宿舍休息。

當然，也有人仗著下午沒課不急著離去，而是留在座位上，繼續和其他同學閒扯。

柯維安就是其中一員。

他是個頭髮像鳥巢鬈翹的男孩子，娃娃臉、眼睛大大的，臉上還有些雀斑；不知情的人看見了，都還以爲他未成年。

據說最慘的一次，是曾被人誤認爲國中生——這件事被系上同學拿來取笑了好一陣子。不過柯維安本人似乎不是很在意，就算被人取笑喊作「弟弟」，也是掛著開朗狡黠的笑容。這使得他在系上的人緣相當不錯，就算知道他有著「奇特的喜好」，也不介意。

「什麼？你整個下午都沒課？太卑鄙了啊你！」一聽見柯維安笑容滿面地炫耀完自己的悠閒後，坐在一旁、與柯維安交情不錯的林盛佑，立刻羨慕嫉妒恨地大喊。

頓時，四周似乎同時投來多道怨恨的眼神。

「哼哼哼，我就是特意要將課表排成這樣。」柯維安笑得更加得意了，眼中閃著狡黠的光芒，只差沒拿出一把小扇搖啊搖，「這樣我星期四下午可以輕輕鬆鬆，然後明天上午上完必修和選修各一堂課後，就可以等放假啦。」

「可惡，我明天的課也只上到十二點……」林盛佑咬牙切齒地說，「可是我今天下午還有三堂課啊！」

「兄弟，你選了什麼？」柯維安好奇地問。雖然是同學，但不會特地去記每個人的課表。

「日文和陶詩……」林盛佑就像受到打擊，臉色灰白，目光遙遠，「還有一堂通識課。通識就算了，日文和陶詩可是各三個小時……各三個小時啊……」

換句話說，就是必須從下午一點上到晚上九點。

「哇喔！你今天滿堂耶！」柯維安敬佩地吹了聲口哨，眼神裡帶著滿滿的同情，以及深深的落井下石意味，「可憐的孩子，乖，快去吃中飯吧，不要在這裡繼續閒扯淡了，你只剩下……」

柯維安抬起手腕，裝模作樣地看了下手錶上的時間，「噢！只剩下四十五分鐘啦！」

「幹，我眞的要閃了！」林盛佑臉色一變，緊張跳起，顯然沒想到時間過得這麼快。

「慢走，不送。」柯維安笑出一口閃亮的白牙，連眼睛也瞇成彎月形，「我等等也要跟我家小……」

「小」的後面接什麼字，柯維安還沒來得及說完，就因為忽然走到他位子前的一抹人影而中斷。

柯維安一愣。

不只他，就連林盛佑及幾名還逗留在教室內的男生，也都是差不多的表情。

因爲找上柯維安的，是他們的班代，是號稱一進入繁星大學，就有無數學長前仆後繼向她告白的一年級系花。

「不會吧？楊百罌耶……那臭小子到底哪來的好運？可惡，我眞的要來不及了！」雖然內心極想留在現場，看事情的後續發展，但只要一想到若太晚到餐廳，好料都要被其他學生搶光光，林盛佑只能咬牙拔腿向外衝，臨走前不忘給不知道走什麼好運的柯維安一記中指。

柯維安根本不管朋友是對他比了哪根手指——大拇指，反正林盛佑一定是對他比了代表「加油」和「好兄弟我挺你」的大拇指——他仰頭望著站在面前的女孩，不自覺吞了吞口水，甚至忍不住拘謹地挺背坐好。

對方就是能散發這種壓迫人的威嚴氣勢。

「柯維安。」楊百罌開口了，她是個高挑染著波浪褐髮的女孩，相貌比起同年齡女生來得艷麗，氣質也成熟，右眼下方還有一顆惑人的淚痣。

光看外表，絕大多數人都會以爲她是屬於作風強勢大膽、男性朋友也相當多的女孩。

可是只要曾和她說過話，就會徹徹底底推翻這個印象。

與她艷麗的外貌不同，楊百罌對人的態度可說是高傲冷淡，往往在言辭上毫不留情——因此也有人私下稱呼她根本是「披著火山外皮的冰山美人」。

「是、是！班代妳找我有什麼事？」一聽見楊百罌喊自己的名字，柯維安更加挺直背。他鮮少與對方接觸，如今近距離一看，越發覺得眼前的女孩不愧有「系花」的稱號，那份美貌充滿著侵略性，讓人不由自主屏住呼吸。

「你和曲九江同寢室，沒錯吧？」楊百罌也不多廢話，冷淡悅耳的嗓音吐出，「跟他說注意一下自己的曠課次數，我可不想讓系上老師以爲我們中文一都是草莓族，上沒幾堂課就想打

退堂鼓。當然，秋冬語那邊我會負責。」

「咦？所以班代妳找我是爲了這個嗎？但、但是曲九江的個性眞的有點……雖然我和小……班代？妳好歹聽我說完，班代！」

眼見楊百罌說完話便轉身離去，柯維安急忙哀叫。不管從哪方面來看，這個任務都有點太艱辛了。

聽到柯維安的呼喊，楊百罌眞的停步，轉過身來。

然後，這名容姿嬌艷的褐髮女孩冷冷地說：「既然是同一寢的室友，就該盡到室友該盡的義務與責任。沒有責任心的人，簡直糟糕透頂。」

拋下這句話，楊百罌這次是眞的頭也不回地走出教室，留下被她冰凍言語凍在原地的一票男同學。

教室內眾人張口結舌了好一會兒，隨後一個男同學率先回神開炮。

「那……那什麼態度啊！你們有看到她的眼神嗎？簡直像在看什麼低等生物！」

「我倒覺得像在看地面灰塵……」又一人低聲咕噥道。

由於中文系向來是陰盛陽衰的科系，每個年級的男性成員用十根手指頭就數得完。所以他們熟得快，往往開學不久，就會自然形成一個同仇敵愾的小圈子。

對於楊百罌，他們幾乎都抱持著又愛又怕的心情。楊百罌的美貌令人迷醉，但高傲又不留情的態度眾人也有目共睹。

「不過班代也沒說錯，責任心的確很重要……」柯維安試著打圓場。他覺得楊百罌只是表達方式讓人比較難接受，所說的話卻是相當正確。

「喂喂，柯維安，你到底是站在哪一方的？」最先抱怨的同學有些不滿了，「眞受不了，她這種型的根本是破壞我們男人的夢想……你們曾聽過她拒絕二、三、四年級，甚至研究所學長的事蹟吧？」

「嗯！」幾個人用力點頭。

這些事不止在他們中文系很有名，連其他系也略聞一二。

楊百罌一入學就引發轟動，系上學長更是接二連三地向她告白，然而她的回覆只有一種。

「我們完全不認識，彼此也沒有深入了解。學長，你是爲了什麼想和我交往？因爲我的長相嗎？很抱歉，我對缺乏深度而且只看表面的男人一點興趣也沒有。喜歡臉的話，相信隨便買一個充氣娃娃都是更適合的選擇。」

那毫不給人面子的尖銳話語，成功嚇退一票人，據說至今還沒有誰敢再向她告白。

「明明就長著那種模樣……好歹個性也符合一點吧？爲什麼會是這麼機車？難道是因爲家裡有錢的關係嗎？聽說她們家好像曾是繁星市的望族還是地主之類的……」

「如果那樣就叫機車，那有問題的其實是你的腦袋吧？」教室裡忽然又響起一道聲音，音量不大，但足以讓所有人聽見。

中文一的男性們同時轉過頭。

「靠！原來你在!?」某人驚悚地對著出聲的人喊道，像是直到現在才發現對方的存在。

「小白！」相較於他人吃驚的反應，柯維安卻是驚喜地撲過去，「唔喔喔喔！小白你終於醒了！我看你剛剛趴在後面睡覺，說話都不敢太大聲！」

「你所謂『不敢太大聲』，連死人都可以吵醒了。走開，柯維安，別巴著我不放。」被稱爲「小白」的，是個戴著眼鏡的男生，劉海有點長，頭髮和時下男生不一樣，不染也不修剪成奇怪的造型，就是純粹的黑色。

他語氣聽起來淡淡的，但仍洩露出一些不耐煩——不知道是對先前的話題，還是針對柯維安黏人的態度。

「搞什麼？結果你偷聽我們說話？」對小白的反駁感到惱火的男生擺出不爽的臉色，「小白，你那話是什麼意思？什麼叫有問題的其實是我的腦袋！你可別太超過！」

「……就是字面上的意思。」小白回話前的那段停頓，就像在忍耐同學的愚蠢，「楊百罌長那張臉，是誰規定她的個性就得和你們想的一樣？認真來說，擅自將她想成心目中形象的人才是白痴吧？一切事情要是能跟想像的一樣，那早就世界和平了。」

「你……你……」這番話雖然堵得對方啞口無言，但內心的惱怒卻也跟著暴增一倍，畢竟不是任何人都能忍受當眾被人削去面子的。

「我要閃了，沒興趣和你們留在這裡浪費時間。」小白平平淡淡地說完後，真的直接抓起包包走人，也不在意人際關係是否會因此出問題。

「咦咦咦咦？等我一下！小白，不要拋棄你的好室友啊！我們不是共睡一間房的好夥伴嗎？」瞧見對方就要跨出教室，柯維安連忙衝回座位，抓起自己的大背包，抱起放在桌上的輕薄筆電，急忙想追上去。

門口處的小白回頭張嘴，像是想反駁抗議，可最後還是將話嚥下，直接比出一記中指表達內心想法，然後掉頭就走。

「嗚啊！還真的說走就走……」柯維安哀號一聲。不過他在追上去之前，不忘回頭對被小白激得一肚子火的同學說，「小白的個性就是那樣，大家都知道的嘛。他剛才的話沒有惡意，千萬別放在心上啊！晚上我MSN傳你『好料的』！」

「小白的個性？不就是沒啥存在感的怪咖嗎……」有人咕噥。

這話頓時引來連番附和。

在人數不多的男同學中，小白確實稱得上異類。他低調、獨來獨往，不和其他人打交道，在系上也不愛說話，存在感也就顯得薄弱。

可不是嗎？方才小白明明也在教室裡，但楊百罌卻只挑上柯維安說話，顯然楊百罌並沒有留意到他的存在——他和柯維安、曲九江都是同一間寢室的。

唯一和小白比較有接觸的，似乎就只有不知爲何，老愛纏著他不放的柯維安。

按照柯維安的說法，是覺得和小白很投緣。

「是說你未免也太慘了，兩個室友都是怪咖……一個小白，一個曲九江，而且曲九江還是和小白相反的類型……他是太有存在感。」

「小白不算怪咖啦，不過曲九江……啊哈哈，是有點棘手……」回想起自己另一名室友，柯維安抓抓頭髮，乾笑起來。

「還眞是辛苦，柯維安，你是我們的救星！多虧你，我們才不用和他們兩個同寢。就算你們那寢只有三個人，我也寧願和其他人四個擠一間……」那個差點和小白吵起來的男同學語重心長地拍拍柯維安的肩膀，然後臉色忽地又一變，壓低聲音說，「『好料的』是多好料？」

「呼呼，起碼有D cup！」柯維安露出個「你知我知」的得意笑容，「朋友傳給我的，有保證的啦。好了，我也要閃了，不然小白眞的要丟下我不管了。」

「他不是早丟下你……啊！等等，柯維安！」忽然有人像是想起什麼，急急大喊出聲。

柯維安硬生生煞住腳步，還險些滑倒。

「我都忘了我有事要和你講……過來一點，這可不是什麼能公開的事。」那人招著手，不忘示意在場其他人也靠近自己，「沒錯，就是『那種』你應該會喜歡的事。」

柯維安眼睛瞬間像燈泡般亮起，馬上用最快速度衝了回來。

說起柯維安的「奇特興趣」，這在中文系內可說是公開的。

這起源於入學後沒多久，凡是中文系的學生都要在繁星大學的ＢＢＳ上註冊帳號，再到中文系系板上報到做自我介紹，這樣才能成爲該板的一分子。

而柯維安在板上自我介紹時，就毫不客氣地公開宣傳他最喜歡不可思議的事和都市傳說，靈異事件也相當歡迎，有任何相關消息務必告訴他。

由於柯維安人緣好，個性又開朗，所以眞要有什麼稀奇古怪的傳聞，大家都不會忘了通知他。

見已勾起眾人的興趣，開啓話題的那人故作神祕地再壓低了聲音，「教授剛不是點到駱依瑾，說她請病假嗎？告訴你們，事情可沒那麼單純。」

「眞假？到底是什麼？」

「該不會是出車禍吧？」

「呸呸呸！胡說什麼，安靜聽我講啦！」

於是每個人都識相地閉上嘴巴，就怕錯過最新八卦。

「文院這裡不是還有家小七嗎？我有個別系的朋友就在那打工。昨天他負責値晚班，他偷偷告訴我，昨天晚上快十點半的時候，二樓忽然傳出一聲尖叫。他說聽起來超淒厲的，連他在店裡都聽得到。他們一群人趕緊衝過去看，結果在二樓教室，就是我們昨天上聲韻的那間，發現駱依瑾昏倒在地，但附近卻沒有發現可疑人物……夠不夠奇怪？」

「嗯……會不會是看到蟑螂才尖叫？」

「豬啊你，誰會因爲看到蟑螂就昏倒？」

「可是你那朋友怎麼知道那就是駱依瑾？他是別系的吧？」

「好啦，其實是昨天文院那邊，還有佩芬學姊也在場……就是大二的趙佩芬，那個長頭髮、活潑、人也挺正的學姊，她是我直屬。我昨晚跟她提到這事，她才告訴我昏倒的人是駱依瑾。她是陪駱依瑾回文院教室拿東西，可是駱依瑾像在緊張什麼一樣跑得飛快，把她丟在後面。後來她聽到尖叫時，人都還在一樓。」

「所以學姊也不知道究竟發生什麼事了？」

「可惜，不知道。」

對比同學們你一言我一語的討論，柯維安卻是出奇地安靜。

很快地，大家也都安靜下來，疑惑地盯著柯維安，畢竟應該最感興趣的人居然都沒表示一點意見？

受到注視的柯維安一回神，露出招牌笑容：「聽起來的確很神祕，謝啦，我記下了。等駱依瑾出現後，我再向她打聽看看吧。眞的要閃了，掰！」

「搿！你該不會又要纏著小白創什麼不可思議社吧？」

「哎呀哎呀，那可是我這學年的目標，我會努力到底的！不是有句話這麼說嗎？少年啊，要有大志向！一定叫小白跟我聯手，說服曲九江，再把文學研究同好會的社辦搶過來！」

柯維安從外套口袋抓出一頂揉得縐巴巴的帽子戴上，他壓按著帽子，拉開一抹大大的開朗笑容。

「那可是——會非常熱鬧的！」

□

柯維安總算沒把小白弄丟。

衝出人文學院，再跑上橫隔在餐廳、文院之間的大草原後，他很快就發現了自己要找的那抹身影。

「小白！小白！」

就算對方像是裝作沒聽見，連頭也沒回，腳步更是停都沒停一下，柯維安還是加快步伐，一鼓作氣地追上，然後一把勾住對方的肩膀。

雖然下一秒就被打開了。

小白的動作就像種反射，出乎意料地迅速俐落。

被打開手的柯維安不禁愣了一下。

發現到從後「襲擊」自己的居然是柯維安後，小白也一臉吃驚，接著馬上就轉爲「你來幹什麼」的表情。

「小白，沒想到你的反射神經挺不錯的？」柯維安揮揮被打得發痛的手臂，「不過你那副表情就讓人太傷心了，我們不是同居的關係嗎？」

「我們只是室友。」小白冷哼一聲，繼續邁出腳步，「別黏著我，吃飽太閒就自己去找事做。」

「所以我正在找事做啊。」柯維安笑嘻嘻地說，一雙大眼睛眨呀眨的，「小白，你是要窩到文同會的社辦偷懶對吧？其實我也要到那裡，我們就一塊走吧。」

小白的嘴巴動了下，可能是在嘀咕什麼，但最後也只是翻下白眼，隨便柯維安了。畢竟自己確實是要去文學研究同好會的社辦打混摸魚，而腿長在柯維安身上，要怎麼走是對方的自由，他可不想因爲這樣就改變原先的計畫。

見小白沒有再趕自己走，柯維安興高采烈地跟在他身邊。

他們兩人要前往的「文學研究同好會」，其實是個社團。

繁星大學的社團相當有名，在各種比賽中抱回了不少獎項。爲了維持社團的蓬勃發展，也讓學生能學習更多層面的人際關係，繁星大學訂出了一條規定：所有學生必須加入至少一個社團，並且待滿一學期。

也因爲這條規定，許多稀奇古怪的社團如雨後春筍般冒了出來，例如ＵＦＯ研究社、自來水研究社、女僕裝起源與發展社……不論是再怎樣奇特冷門的社團，只要人數到達基本門檻，提出的申請能通過學校審核，就可以成立。

文學研究同好會簡稱文同會，雖然不算奇特，但也稱得上是冷門社團之一。

光是這個聽起來像讀書會的名字，就令不少人退避三舍了，更不用說進來後也學不到什麼東西，也不像那些熱門社團能夠吸引他人目光。

加上文同會也不曾積極招募新生，久之就成了向別人說起，對方說不定還會回以「我們學校有這個社嗎」的表情的社團。

不過這種社團反倒適合一些不想加入社團，卻又礙於校規規定的學生。

不用學新東西、不用辦活動、不用參加比賽，只要待一學期就能閃，爲什麼不加入？

小白從來不否認，自己就是抱持這個心態才入社的。

而柯維安入社的理由就更特別了。他說社辦大樓的教室都滿了，所以他打算奪取文同會的地盤，說服文同會成員，一起將這社團改成不可思議社。

姑且不論這事成功的可能性有多高，起碼柯維安每天倒是很熱情地向小白洗腦。

任憑柯維安的長篇大論從右耳進左耳出，小白搭電梯上了三樓——文同會的辦公室就在三樓走廊的最後一間。

當柯維安尾隨小白進入辦公室，他的滔滔不絕剎那間停止了。他閉上嘴，看著比他們兩人早到的另一位社團成員。

小白、柯維安喜歡窩在社辦，不是沒有理由的。這裡通風涼爽，還有前幾任社長偷偷弄來的沙發；電腦也爲了要抓片子、打電玩，私下升級過，待在這比待在宿舍還舒適。

而現在，那張總是被人虎視眈眈的長沙發上，正躺著一個人。

那個人有著搶眼的外表，微鬈的髮絲在頸後綁成小馬尾，一雙長得令人妒羨的腿，此刻更是毫不客氣地擱在扶手上。他手裡還抓著一本書，目光停在書上，連看也沒有看進來的兩人一眼，環繞在周身的是慵懶又疏離的獨特氣質。

「不是吧，曲九江？」柯維安吃驚地咋下舌，「你該不會蹺課就待在這裡吧？文學史的鍾主任都在通緝你了？」

「是嗎？」曲九江視線未動，冷淡地說，像是柯維安等人的存在都不如他手上的書有趣。

柯維安聳聳肩，早習慣另一名室友視人爲無物的態度，反正他這樣也算是完成了楊百罌的要求。

既然對方無意搭理，他也不再自討沒趣。在他眼中，曲九江和小白簡直就像對比的兩個人。雖然他們都不跟人來往，但小白低調、不顯露存在感；而曲九江簡直就像傲慢地宣告他對任何人事物都沒興趣。

即使面對的是前來告白的學姊，依舊是傲慢無禮，而且言辭毫不留情。

柯維安就曾聽說，有大三還是大四的學姊甚至是哭著跑走的。

私底下也有人說，曲九江乾脆和楊百罌結拜算了。他們兩個一個專門踩碎女性的心，一個專門踩碎男性的心。

不過倒沒人希望他們湊成一對，畢竟維持單身，其他人才可以繼續抱持幻想……

偷瞄下曲九江手上拿的書，書名是「神明的源流」，柯維安有些訝異對方會看這種題材。

「那種書寫的東西，大多不可信。」小白忽然開口，他語氣平淡，就像只是隨口提起這個話題。

但曲九江放下書了。

「喔？」高大的青年挑起眉，唇角掛著懶洋洋的笑，但眼中沒什麼笑意。

柯維安不禁緊張起來。同寢到現在，他還是摸不清曲九江的個性，他有點害怕兩名室友當下起了衝突。

只不過小白沒有再對那聲如同挑釁的單音給予回應，他像是眞的只是隨意提出這話題，沒興趣將之延續下去。

他拉開電腦桌前椅子，按下開機鍵，毫不客氣地將背影留給後方的兩人。

唔啊啊！小白，你這樣更像挑釁吧？柯維安心中暗暗捏把冷汗。他偷覷著曲九江的反應，卻吃驚地發現對方只是彈下舌，又倒回沙發上看起自己的書，彷彿剛剛空氣中的針鋒相對不曾存在過。

柯維安對此暗自稱奇，他前幾天明明看見曲九江苛刻地將前來找碴的學長打擊得差點萬念俱灰。

怎麼這會……像轉了性？

「欸欸，小白。」柯維安貼近小白，搭著他的背竊竊私語，裝作沒看見那隻握著滑鼠猛然收緊，像是想將自己一把揮開的手臂，「這應該不是我的錯覺吧？你和曲九江的感情是不是變好了？你不能把我排擠在外啊，明明人家才是你的正宮捏！」

「正你……不要學女生口氣講話，很噁。」小白就像極力忍耐，咬著牙說，「我和他交情沒什麼變好或變壞，最多是我上禮拜中獎抽到一箱飲料，除了你之外，我也分給他，他那張嘴巴好像就對我比較安靜了。」

「你分他草莓蘇打？那種甜得要命的汽水!?」柯維安大吃一驚，隨後又搖搖頭，「不不不，絕對不可能是因爲這種原因，百分之兩百不可能……小白，你再想一下，再仔細想一下，一定有其他因素。這對我超重要的啊！我超想知道怎樣可以讓曲九江從『棘手』變成『不棘手』！」

柯維安徹底發揮纏功，黏在小白身旁問東問西，非得要問出一個答案來才肯罷休。

「那對你超重要，但對我一點也不重要。」小白目不斜視，雙眼盯在電腦螢幕上，但一隻手卻是準之又準地一把推開柯維安湊得太近的臉，「滾、閃，別煩……這桌面又是誰換的？」

小白的眉頭緊緊皺起，一把將柯維安再拉回來：「你換的？」

柯維安揉揉剛被擠壓得變形的臉，伸長脖子一看。

進入系統後的電腦桌面，此刻是以一張笑得開懷的小孩子照片當作背景。

「喔喔！沒錯，就是我特地換的！」柯維安當下挺起了胸膛，無比得意地說，「桌面當然是要放點治癒系的東西，之前的藍天白雲太單調了，小白，你不覺得小蘿莉和小正太的笑容，很撫慰我們這些大人骯髒的心嗎？我連手機螢幕也是設定這些小天使當桌布喔！」

「骯髒的是你自己吧，誰跟你『我們』。」小白冷漠地吐槽，又將柯維安推開，自顧自地上網去了。

「哪有骯髒？人家明明純潔又正直，小白你傷了人家的少男玻璃心……」柯維安故作小媳婦模樣，抓著一條不知道從哪裡變出來的手帕，一臉哀怨。

只不過遭控訴的人還是一副鐵石心腸，連看也不看一眼。

知道沒戲唱，柯維安摸摸鼻子，很乾脆地收起道具。

曲九江在看書，小白在上網，他自己則是抱著筆電，窩到另一邊的空位處理事情。

一時間，聚集著三名一年級社員的社辦裡，就只聽見劈里啪啦的鍵盤敲擊聲，偶爾間雜翻書聲，或是點擊滑鼠的聲音。

只不過，不消一會兒的工夫，這份安寧就被打破了。

「完、成、了！」柯維安高舉自己的筆電，一骨碌站起，臉上盡是滿足和得意洋洋。

曲九江毫無反應；小白終於分出一絲注意，但也只是瞄一眼又收回，心裡大概在想自己的室友又在發什麼神經。

就算被人冷淡對待，柯維安也沒有氣餒，依然興高采烈地站在社辦中央，抱著筆電得意展現。

「聽我說，小白、曲九江，我的社團申請計畫書已經打好了，內容可說是超完美的！只要提報給學校，一定、絕對、百分之百沒問題！」

沒人回應這個話題。

在場的另外兩人已經不止是冷漠了，而是達到聽而不聞的地步。

「所以說，現在只剩最重要的一個步驟要先做。」柯維安似乎對此一點也不在意，仍舊滔滔不絕地說下去，「就是說服社長，讓他答應更改文同會的名稱，直接變成不可思議社。這樣我們這個新社就有現成的社辦，不須去想辦法借場地了。然後暫時不管其他人，成員只要先有一年級的我們幾個，我、小白、曲九江，還有幽靈社員小語，直接就湊成四個人了，離標準門檻只差一個。嗯，這樣就找社長吧，乾脆叫他也成為我們不可思議社的新社……」

「不可思議社？如果我記得沒錯的話，這裡應該叫文學研究同好會吧？什麼時候改名的我都不知道？」社辦門口忽然響起一道男聲，蓋過了柯維安未說完的話。

柯維安像是嚇一跳般馬上閉嘴，他迅速闔起筆電，轉身面對大門的方向。

在那裡，佇立著一名高瘦男子，眼角細長，穿著休閒風的格子襯衫，臉上戴著細框眼鏡，嘴角正揚著一抹似笑非笑的弧度。

他的相貌看起來年輕俊秀，但周身卻有著一股不符合外表年紀的沉穩和優雅。這股獨特氣質，會讓人不由自主地多看幾眼——尤其是女性。

「呃……嗨，社長，今天天氣眞好。」柯維安僵了一會兒後立刻端起笑臉，朝他們文同會的社長大人打招呼，「你下午也沒課嗎？」

「我今天整天空堂。」身爲中文系三年級的學長，又是文同會社長的安萬里踏進了社團辦公室，也向另外兩名社員打招呼，「你們好，小白、曲九江。」

「學長。」小白點了下頭，他雖然低調且獨來獨往，但該有的禮貌還是有的。

至於曲九江，只是把書拿開看了一眼，就當作回應。

「你們繼續忙你們的，我只是過來拿個東西，等等就要離開。」安萬里也不在意曲九江的態度，他早就知道這個學弟可以算是「個性難搞」，無論對誰都一樣，「不過，我說的『你們』，可不包括你了，維安。」

「咦？哈哈哈哈……」原本抱著筆電、躡手躡腳要回到自己位子上的娃娃臉男孩，頓時硬生生收住腳步。

「維安，剛剛的『篡社宣言』，我這個做社長的可不能當作沒聽見哪。」安萬里推下眼鏡，還是那副似笑非笑的表情。

「沒有、沒有，社長你眞的聽錯了。」柯維安趕緊用力地搖搖手，以示清白，「我哪敢取代英明神武的社長大人？是說……眞的不考慮改一下社團名嗎？文同會聽起來不太吸引人，還是改叫不可思議社怎樣？我個人覺得這眞是一個棒透的主意！」

安萬里還是笑咪咪的，然後抓起擱在桌上的一本書，毫不客氣地拍打在柯維安的腦袋上，後者登時抱頭哀叫。

「意見駁回，以後再讓我聽到一次，我就再敲一次。」晃晃手上的書籍當作示威，安萬里就如他自己說的一樣，抱著他已找到的書，離開了社辦。

柯維安搗著腦袋，只能暗自慶幸安萬里今天拿的是《我曾侍候過英國國王》，假使換作是《說文解字》……

光是想像那本超過四公分厚度和硬皮的書，柯維安就忍不住嚥了下口水，要是打下去，他的頭估計就開花了。

「嚶嚶，小白，求安慰、求撫摸、求擁抱！」柯維安可憐兮兮地轉向小白尋求慰藉。

想當然爾，後者的回應只會是——

「求你去死。」小白用著宛如絕對零度的嗓音說，凍得柯維安全身起了雞皮疙瘩。

不再搭理自己的同學兼室友，小白又重新轉回電腦前。

遭人冷落的柯維安只好認命地揉著後腦。

「可惡的安萬里，他只是捨不得社辦的這堆書和未來還可以用經費買的書吧……」他嘀咕道：「那個人……狐狸眼、狐狸笑。明明就是不可思議社比較好，不管從哪方面來看，都可以吸引到更多人，和更多的相關消……」

最後的句子消失在柯維安嘴巴中，他本就不是容易放棄的人，即使方才被安萬里抓個正著，他還是越挫越勇。

盯著全然不搭理自己的兩名室友，柯維安眼珠一轉，臉上浮現狡黠的笑容，一個更好的點子在他內心形成。

這個辦法不行就換另一個，總是有法子讓他們倆答應的！

爲免安萬里又忽然出場攪局，柯維安還特地跑出社辦左右張望了一下，確定那抹高瘦人影眞的不在外面後，他興沖沖地再跑回來。

「聽好了，小白、曲九江，我們來交換條件吧！」柯維安認眞宣布，這次倒是眞的引起另外兩人的注意。

小白轉過身，曲九江放下書，兩雙眼睛看著柯維安。

只是上天就像不想太順柯維安的意，成功吸引到室友注意力、正準備將自己所謂的「條件交換」大聲說出來時，有人衝進文同會的社辦了。

那人急促喘著氣，滿臉心慌意亂，似乎下一秒就可能承受不住打擊地失聲痛哭。

那人不是安萬里，而是一名打扮時髦——印花背心、緹花針織短裙混搭黑色內搭褲——留著俏麗短髮的年輕女孩子。

女孩看見柯維安就像看見了救星，她倉皇衝上前，用力抓住他的雙手。

「拜、拜託你，幫幫我……拜託你，救救我！」女孩，今天應該請病假而缺席的駱依瑾，無比驚恐地大喊道。

第三章

駱依瑾的出現，是誰也沒有預想到的。

任憑雙手被人抓住，柯維安滿臉錯愕地看著眼前這個交情其實不算深的女孩子，不知道現在究竟是怎麼回事——忽然有人劈頭就是大喊「救救我」，任誰都會如墜五里霧。

柯維安自認和駱依瑾不熟，對她的了解也就是在男生之間很有人氣，身邊幾個要好的室友同樣穿著時髦又流行，在學校的早餐店兼差打工……啊，還有今天請了病假……

「柯維安？柯維安！你有聽見嗎？」發現自己抓著的人一臉呆滯，駱依瑾越發心急地大叫道：「我叫你幫幫……」

「吵死了，整間社辦都是妳那難聽的聲音。」有人忽然將書重重放至桌面上。

那聲響嚇了駱依瑾一跳，雙手也下意識放開柯維安。她一轉頭，眼中映入的赫然是曲九江的身影。

高大的鬈髮青年不知何時離開了沙發，那雙注視著駱依瑾的眼眸寫滿不耐。

駱依瑾俏臉一白，猛地後退了好幾步。

「咿啊！」她嘴中還發出不成調的悲鳴，簡直像是看見什麼恐怖的東西。

曲九江眼中有什麼一閃而逝。

「駱同學？駱依瑾同學？」柯維安則是被這詭異的場景嚇了一跳，「妳怎麼了？妳還好嗎？」

「我……」駱依瑾的臉龐仍是毫無血色，她摀著嘴，慌張地搖搖頭，「我不知道，但突然就是覺得很害怕……」

「咦？」柯維安一頭霧水，還是弄不懂怎麼回事。不過唯一確定的，就是駱依瑾對曲九江抱持著一股莫名的畏懼之心。

這可眞是奇怪了，系上的女生照理說對曲九江多少都有點意思……

「傷腦筋……呃，曲九江，能不能麻煩你再回到沙發上坐好？我猜是你身高太高，才會讓駱依瑾有壓迫感？」

「這可眞有趣，室友B，你說什麼我就一定得照做嗎？」曲九江勾起笑，漫不經心地說。

被稱作「室友B」的柯維安苦著一張臉。

「你那麼大一個人堵在走道很佔空間，看了礙眼。」

隨著這句話的出現，曲九江無預警地感到自己被人一推，跌坐回沙發上。他的眼瞳迅速瞇起，一身慵懶的氣質也化作如刀會割傷人般的銳利。

但是始作俑者小白卻說了：「你要是不嫌腳痠，站到天荒地老也沒關係。」想了想，他又補上一句，「不過你坐下的話，我剩下的草莓蘇打全都給你也沒關係。」

曲九江二話不說地坐下了。

小白揚起眉毛，這下倒是確定這個個性不是一般難搞的室友，原來是真的喜歡草莓蘇打。

「這也太不可思議了，我絕對要小白告訴我祕訣在哪裡……」柯維安嘖嘖稱奇地說。但他沒聽見小白最後開出的條件，因此還不知道到底是什麼「馴服」了曲九江。

一見曲九江坐回沙發，駱依瑾臉上的畏怕也減去不少。

她吐出一口氣，小心翼翼地沿著走道邊緣進入文同會的社辦內部。

「請坐、請坐，隨便一張椅子都可以坐。」柯維安連忙招待起這位忽然找上門的嬌客，還不忘倒了一杯茶給她。

透著熱氣的茶杯，似乎讓駱依瑾更加安心。她雙手握著杯子，慢慢開口，語氣也沒了先前的歇斯底里，「我……我來這，是想請你幫我的忙。柯維安，我知道你對那些事情好像曾做過什麼研究……不過，我希望這事……」

駱依瑾輕咬嘴唇，臉上流洩不安，眼神猶豫地瞄瞄還在場的曲九江和小白，彷彿是不想讓第三人聽見。

柯維安心思轉得快，一眼就看出駱依瑾爲什麼停下話。

「沒事，請放心，其實我們三人就是一個團隊，專門研究……嗯，那些稀奇古怪的事。」

柯維安臉不紅氣不喘地笑著說謊。

幸好被點到名的兩人也沒有當場拆了他的台。

「眞的？」駱依瑾半信半疑地問，沒想到個性天差地別的三人居然有相同的興趣。

「眞的眞的，絕對不假。」柯維安信誓旦旦地保證，同時慶幸另外兩人的默不作聲。

……雖然等駱依瑾離開後，自己可能就要面臨秋後算帳。

將這事先放到一邊，柯維安抱過自己的筆電，就坐在駱依瑾面前，娃娃臉上不忘露出招牌開朗笑容。

「好了，駱依瑾，妳就放心地告訴我們，妳是碰到什麼麻煩了嗎？妳今天不是請……啊。」柯維安慢半拍地低叫一聲，回想起中午在教室裡，系上同學私下對他說過的話。

「……昨天快十點半時，二樓忽然傳出一聲尖叫……衝過去看，結果在二樓教室，也就是我們昨天上聲韻的那間，發現駱依瑾昏倒在地面上。」

也就是說，駱依瑾的病假不一定是眞的因爲生病而請的……

「抱歉，不小心中斷了話題。」即使想起了這些，柯維安也沒有主動說破。有些事，還是由當事人親自說出來比較好，「聽說妳今天不是請了病假嗎？」

「那只是對外的說法，我……」駱依瑾頓了頓，接著像是終於鼓起勇氣，「其實我昨晚被人發現昏倒在人文二〇二教室外……雖然保健室醫生診斷我是貧血才暈倒，但不是這樣的……

只有我知道事情不是這樣的！」

說到最後，駱依瑾激動地站起，無視柯維安吃驚的表情，她尖銳地拔高聲音。

「我記得我在教室看到了什麼，那是一團奇怪的黑影，有兩隻發光的眼睛！然後它撲向我……它向我撲了過來，我就是這樣才暈倒的！」

「冷靜一點，駱依瑾，妳冷靜一點。」柯維安連忙安撫激動的同學，「我沒有懷疑那些是假的，這世界畢竟什麼都可能發生。妳先坐下來喝茶，先坐下。」

好不容易讓駱依瑾稍微冷靜些，柯維安又說道：「妳說妳看見了奇怪的黑影？那黑影是無預警出現，還是妳到教室時，它就已經在裡面了？」

「我到教室時，它就已經在裡面……我不知道那是什麼，不知道它爲什麼攻擊我……」

「那麼，妳有受傷嗎？」

「沒有，我身上一點傷也沒有……但我就是感覺得到，在我昏迷時，有雙眼睛似乎虎視眈眈地看著我。我……我也回去過文院二樓一趟，似乎還是能感覺到有眼睛在看我……才半天的時間，我已經快受不了了！萬一那眼睛也出現在宿舍……而且，最可怕的是……」

駱依瑾睜大眼，眼裡突然一片空洞。她明明是在看柯維安，卻又像是在凝望某個不存在的東西。

「我記不得了……我記不起來到教室前發生過的任何一件事。我記得本來要住學姊家，卻把筆記和論文資料忘在教室裡……可是，我連我怎麼到教室的都完全想不起來，這中間就是一段空白……」

「想不起來？妳忘了之前的事？」曲九江無預警地出聲，臉上掛著饒富興味的笑，「妳連自己曾看過什麼也不記得？這可眞是有趣哪。」

「不是，曲九江的意思是深表遺憾！」爲免曲九江可能再說出什麼惡意的話，柯維安匆匆帶過話題，「既然如此，我猜駱依瑾妳被拿走的，該不會是那段記憶？」

「記憶？」駱依瑾茫然地說。

「妳說妳沒受傷，但又記不起其中一段記憶……會不會跟妳撞見的那團黑影有關？這是我自己的假設。」柯維安分析道：「而且妳還感覺得到有什麼在看妳，很可能是那個黑影仍將妳當成目標。雖然不知道它是只在文院出沒，還是會離開到外面，從今天開始，妳盡量待在人多的地方，也盡量別落單。我看很多書上都說過，和多一點人待在一起比較安全。我和小白、曲九江會趕緊幫妳調查，解決妳的問題。」

「眞的？你們眞的會幫我？你們眞的願意救我？」駱依瑾眼中重新綻放光芒，臉上也恢復一絲血色。這時候的她就像溺水者終於抱到一根浮木，說什麼也不肯放手。

「眞的，我們不可思議研究小隊一定會盡全力幫忙。」雖然手被駱依瑾抓得有點痛，柯維安還是笑咪咪地說，那張討喜的娃娃臉更是使人卸下心防。

「我……我……」駱依瑾的眼淚掉了下來，安心感讓她控制不住情緒。她連忙伸手抹去眼淚，破涕爲笑地說：「柯維安，我就知道你一定可以幫我，你們一定會替我解決問題，讓我安全無事的！我等你們的好消息，我從今天就盡量待在人多的地方……謝謝你們的幫助，眞的非常感謝！」

駱依瑾又是鞠躬又是道謝，這才安心離去。

一送走駱依瑾，柯維安馬上關門，開心地大聲歡呼：「第一件委託！這是我們不可思議小隊的第一件委託！太棒了，之後一定會有更多、更多的委託上門，然後我們就可以……」

「沒有『我們』，是你自己。」曲九江懶洋洋地說。

「咦？」柯維安愣了一下。

「別把我算在內，從頭到尾我都沒答應。」小白還是同樣平淡的語氣。

「欸？」柯維安呆了一下。

娃娃臉男孩就像沒想到會聽見這樣的回應，他看看小白，再看看曲九江，再看看小白，再看看曲九江……

「咦咦咦咦？欸欸欸欸？」他不敢置信地大叫出聲，「爲什麼——我們不是好室友、好同學、好麻吉嗎？還是內褲一起洗的好交情耶！」

「……那是因爲有人擅自把他穿過的內褲，丟到我要拿去洗的衣服裡。」小白聲音平板，卻又透著一種危險的森冷。

柯維安看見小白握著滑鼠的手都爆出青筋了，彷彿要將滑鼠整個捏爆。

「呃……嘿嘿嘿，哈哈哈……」柯維安抓抓頭髮，眼神則是心虛地飄向旁邊。

「柯維安，我的回答就是這個。」小白站了起來，離開電腦前，讓人可以清楚看到螢幕上的畫面。

打開的WORD頁面上，一個放大到就算是坐在沙發上的曲九江也能瞧見的粗黑字體正顯示在那——

幹！

「嗚喔！我覺得我的純情少男心又受傷了……」柯維安摀住胸口，大受打擊，「好像還有中箭的感覺……小白，你怎能如此殘酷地對待我？」

「這個回答真是簡潔有力啊。」曲九江就像是被逗樂，難得吹了聲口哨，「我喜歡。」

「嚶嚶嚶，太過分了……人家的心都被你們傷透了……」柯維安直接坐在地上，擺出拭淚的姿態，卻在下一秒發現曲九江居高臨下地看著自己，他連忙改口，「不對，傷透人家心的只有小白，跟曲九江同學你一點關係也沒有。所以能不能別這樣看人？老實說，我壓力很大啊。」

「我對你的不可思議社沒興趣，對那女人身上發生的事沒興趣。對幫一個理所當然把問題推給別人，也完全不認爲自己應當付出什麼，只想坐享其成的人的忙，更是一點興趣也沒有。」曲九江的微笑有些猙獰，就像野獸，看得柯維安心驚膽跳。

「啊，那個……原來你也發現了啊。」柯維安乾巴巴地說。

「我不是白痴，室友B。」曲九江冷笑著說，「聽好了，你敢把我拖進你的渾水裡，我就撕了你，就是字面上的意思。」

字、字面上的意思？眞的要把人撕開嗎？柯維安瞪大眼，不自覺地嚥了嚥口水。

扔下警告，曲九江長腿一邁，就要步出社辦。

另一邊的小白也提起包包，顯然沒興趣再留下。

柯維安的腦海火速閃過多條計策，他看上的目標可是一個也別想跑，不管是曲九江或小白都一樣！

抓起擱在桌上的帽子戴上，柯維安飛快跳了起來。別看他是現場三人之中個子最矮的，動作卻是出乎意料地靈活，硬是搶在兩名室友之前，擋在社辦門口。

「呼，還好我對跑步算有信心……」見到自己成功攔截下曲九江和小白，柯維安鬆口氣，隨後神情一整，「等一下，聽我說完，讓我把話說完。」

「滾。」曲九江正眼也不瞧，長臂一伸，就要將擋住自己去路的障礙揮開。

「我們條件交換！」柯維安及時縮下脖子，他壓按著快滑下來的帽子，扯開嗓子大叫，「你們幫我這把，我可以付出報酬作爲交換！」

「報酬？錢嗎？」曲九江的手停了下來，然而他的表情不像感興趣，更像是嗤之以鼻。

「不是、不是，當然不是。我每個月的花費都快不夠了，哪可能生多的錢給你們？」柯維安靠著門板，小心翼翼地直起身子。發現小白和曲九江的視線都落在自己身上，而且還成功引起他們的一絲好奇，他的嘴角彎起一抹得意的笑，「所以，我們條件交換吧。」

話聲一落，柯維安忽然一個箭步湊近小白耳邊，低聲說了什麼；接著又換湊到曲九江面前，也耳語了幾句。

他的聲音很小，估計只有彼此才聽得見。但不論他說了什麼，都確實換來小白和曲九江的臉色乍變。

柯維安滿意地笑了，知道自己成功戳到對方的弱點。

「怎樣，划算嗎？」柯維安笑咪咪地說，無論是眼角或唇角都透出狡詐的意味。這時候的他，看起來根本不像鄰家可愛的小弟弟，反倒像是挖好陷阱等人跳的黑心商人。

小白的臉上有著明顯的掙扎，顯然柯維安提出的條件對他而言太讓人心動了。

曲九江的眼中也有著動搖，雖然他掩飾得很好，很快就消失了。

「只要幫我，我也會履行我的條件，我說到做到。」柯維安也不急著催促，只是抓下帽子在那搧呀搧的，臉上掛著那副狡猾的笑容。他心裡很清楚，對方答應只是時間上的問題。

果然不到幾分鐘，小白最先鬆口。

「行，成交，我幫你。」小白硬邦邦地說，眼神透出威脅，「敢唬我，你就完蛋了。」

「要是被我發現是騙局一場，」曲九江也低沉地開口，當中的森寒足以令柯維安大熱天打了個寒顫，「室友B，我會教你『生不如死』怎麼寫。」

「啊哈哈……哈哈哈……我絕對不會晃點你們的，我以我的心肝寶貝發誓！」柯維安暗中都快出了一身冷汗，他連忙高舉自己心愛的筆電，「騙你們我就讓裡面的檔案死光光，然後我也會跟著死……沒它我根本活不下去啊……」

「最好別忘記你的話。」小白冷淡地說。

曲九江則是哼了一聲。

兩者的反應都像是變相地接受柯維安的條件。

柯維安小心翼翼盯著兩人，再小心翼翼地開口：「那麼，交易成立囉？不能反悔喔？喔耶！太棒了，不可思議研究小隊終於正式成立啦！可以處理委託了！」

柯維安樂得看起來像是要抱著筆電一起轉圈圈，他咧出大大的笑容，然後一屁股坐進最近的椅子裡，打開放在膝蓋上的筆電。

「既然小隊成立，再來就是拉生力軍了。我知道有一個人可是非常、非常好的助力……」

這麼說的娃娃臉男孩露出意味深長的笑，稍後雙手十指劈里啪啦地快速敲起鍵盤，彷彿在和誰進行聯繫一般。

□

將鑰匙插入鑰匙孔，再一旋，楊百罌順勢扭開了門把，將房門往內一推。

雖然是下午時間，但編號一〇八的寢室內卻因爲百葉窗整個拉下，又沒有開燈，反倒顯得一片昏暗。

楊百罌微蹙了下眉，她不喜歡寢室裡看起來像被黑暗包圍，令人分不清楚正確的時間。

只不過那下意識往電燈開關按去的手指，在她發現其中一張鋪位的樓梯下方擺著雙鞋時，頓時停住了。

楊百罌仰頭往上一看，那張床鋪上果然瞧見蜷縮不動的人影。

那是她的室友，秋冬語。

收回手，楊百罌保持安靜地走回自己座位前。

無論是女生宿舍或男生宿舍，每間寢室都是採上床下桌的設計，共有四個床位。

通常只有在極少數的情況下，一間寢室才會住不滿四人。

而一〇八寢，正巧就是遇到這極少數的情況。

這裡只有楊百罌和秋冬語兩人住。

照理說只有兩個人相處，感情應該會更好才是，可是這顯然不適用在她們身上。

楊百罌本身就沒興趣與人深交，就算是待在房裡也只是看書，不主動和人說話；出席率低的秋冬語更是安靜到往往讓人忘記她的存在，加上她是公認的身體不好，不是躺在床上休息，就是人在保健室。

以至於，明明是同寢的兩人，相處的機會卻比一般人都少。

將包包擱在椅子上，楊百罌彎腰打開電腦螢幕，點開新收到的訊息。螢幕的冷光映著她的側臉，使得那張艷麗臉龐有種奇異的冷峻。

很快地，楊百罌又關上螢幕，拿出手機在桌前低聲講著電話。顧及還有他人在休息，她的聲音很輕，幾乎要融入這安靜昏暗的寢室之中。

「……我收到你的信了，張叔……珊琳現在待在我這邊，昨天，星期三凌晨的時候出現……她沒有說忽然下山的理由……這是她從七年前那次現身後，第一次離開到外面……不，除非有什麼指示，否則停辦的山神祭不會……嗯，最後，幫我向爺爺問好。」

察覺到對邊上鋪的人影翻了一下身，楊百罌結束通話。她從衣櫃裡拿出臉盆、沐浴用具以及換洗衣物，打算趁宿舍還沒什麼人回來時，提前去洗澡。

她不喜歡跟一堆人擠在同一個時間洗，也無法理解爲什麼總是有人會錯過熱水供應時間，才想到該洗澡這回事。

抱著臉盆，楊百罌準備離開寢室，但是在經過秋冬語的床鋪時，卻停了下來。

「秋冬語，今天文學史點名點到妳，鍾主任要妳注意點，不要太常請假，也不要太常曠課。」楊百罌的音量不算大，但卻清晰冷淡，「妳下次要是再覺得身體不舒服，可以直接請我幫妳請假，不要什麼都不說，這樣容易讓人對我們中文一有不好的觀感。」

床鋪上的秋冬語沒有反應，像是之前的翻身只是無意識動作，又沉沉睡著了。

楊百罌對此似乎也不意外，挺直著背，再次打開房門，準備踏出。

就在這瞬間，床鋪上的人影無聲無息地動了。

一名披散著長長髮絲的女孩睜開雙眼，悄聲地拉開棉被坐起。在昏暗的寢室裡，那張臉蛋看起來似乎更加蒼白、文靜。

在系上被人暗稱爲「病美人」的秋冬語，先是面無表情地看著楊百罌步出寢室，然後忽地轉過臉，烏黑的眼眸瞬也不瞬地盯著對方忘記關上的衣櫃門，那裡鑲著一面穿衣鏡。

現在那面鏡子，不但映出了楊百罌離去的身影，還映出了……

在楊百罌的肩頭上，趴著一名詭異的小孩子。「她」髮絲凌亂披散在背後，色澤像是山林般的綠色，身上的服飾古怪，如同帶著民族風，手和腳都格外細長，雙腳赤裸。

對於這詭譎又不可思議的一幕，秋冬語的神情還是連變也未變，就像是死寂的潭水。

可是就在下一剎那，倒映在鏡中的詭異孩童有了動作。

「她」倏地轉過頭，臉龐被凌亂的綠色髮絲遮住，深棕如泥土的眼瞳從髮絲間隙露出來，並且不偏不倚地對上了秋冬語的視線。

那孩子似乎咧出了古怪的微笑，接著「她」的身影消失不見。

寢室的門被關上了，楊百罌離開了。

「奇怪的……存在。」秋冬語喃喃自語，從她唇中吐出的嗓音雖然悅耳動聽，可是好似少了情緒起伏。

確定楊百罌一時半刻不會回來，秋冬語將棉被整件拉開，弓起身體，竟是從床鋪上一躍而下。

那是將近一層樓的高度，秋冬語的動作卻像貓一般靈巧，就連落地時也是悄無聲息。

這一幕要是落在其他人眼中，恐怕只會令人目瞪口呆。

誰也不會相信被人當作「病美人」的秋冬語，居然會有如此輕巧不似人的身手。

來到自己的書桌前，秋冬語打開擱在上面的筆電。亮起的螢幕上即刻跳出一個對話視窗，有人在她掛離線時傳訊給她。

秋冬語將自己的狀態重新改爲線上，纖白的雙手立即飛快在鍵盤上舞動，輸入新的訊息給另一端的那人。

對話視窗上，掛著可愛小女孩頭像的使用者，名稱是——

神使公會，柯維安。

第四章

柯維安幾乎快淚流滿面了。

好不容易以條件利誘兩名室友，一起加入他成立的不可思議研究小隊，聯手調查發生在系上同學駱依瑾身上的怪事，但是……但是……

說好的聯手呢？說好的合作呢？

柯維安悲痛地看著回到寢室後，就甩也不甩自己的兩抹身影。

小白窩在自己的電腦前，上面開著SKYPE，手裡還拿著手機低聲講電話；曲九江更乾脆了，一踏進寢室就直接爬上床，棉被一拉，表明他要睡覺，誰敢吵他就是找死。

「太過分了……這太過分了！這是赤裸裸的詐欺啊！」站在走道中央的柯維安忍無可忍地嚷，他像是小媳婦般跪坐在地板上，翹起小指，「嚶嚶嚶，小白你怎麼可以對人家始亂終棄？人家明明那麼相信你，還連一顆心都給了你……」

「那種東西倒貼給我都不要。」受到干擾的小白不得不先停下和手機另一端的對話，鏡片後的眼眸充滿殺氣，「我在講電話，你是沒看到嗎？別吵我……沒事了，只是我室友在發神經。是男的，當然是男的，我住男舍最好會有女孩子出現，妳是想到哪裡去了？」

柯維安的眼睛忽地一亮，他嗅到不尋常的氣氛了，他對這種事可是相當敏銳。暫時將滿腔的控訴之辭先擱著，他立刻靠近坐在椅子上的小白。

「女朋友？小白，你在跟女朋友講話對不對？嗚，你有了新人忘舊人……」柯維安摀著胸口，做出一副心痛狀，「我對你明明是如此死心塌地啊……」

「死你……」小白看起來簡直要發飆大罵了，但還是極力忍住到嘴邊的髒話。他深吸一口氣，先對手機另一端的通話者說：「眞的沒事，我也很好……我不會破壞和你們的約定，我答應過的。而且這裡也平靜得很，根本就沒發生什麼，不信妳可以去問問……爲什麼又要問我剛那個眞的是男的嗎？他是百分之百帶把，而我百分之百也對男人沒興趣。不要再操那種無謂的心了，先這樣，掰。」

當機立斷地結束手機通訊，小白瞇起眼，冷酷地將巴著自己大腿的柯維安一腳踹開。

「外面有垃圾桶，自己給我塞進去。」就連聲音也是凍至零度以下。

「厚，小白你這樣很小氣捏，有女朋友也不會說一聲……」柯維安當然不可能照著做，他盤腿坐在地上，「人家本來還想找你一起加入明年的情人去死去死團，在情人節那天，和其他同伴一起把電影院的單號座位都買光。」

「我沒有女朋友，也不想加入那種無聊的團。」小白不屑地哼了一聲，就將背影留給對方，繼續投入線上聊天。

「什麼？沒有女朋友？所以那位不是你女朋友嗎？」柯維安鍥而不捨地又黏了上去，對於想知道的事，他一定會想辦法把它挖出來，「欸欸，小白，到底是怎樣？告訴我一下，我很好……」

柯維安沒有將「奇」說出來。

這個娃娃臉男孩嚥嚥口水，僵著身子，脖子不敢隨意轉動。就怕這麼一動，突然架在頸側的水果刀，就會跟他的皮膚來個相親相愛的接觸了。

「我不是說我要睡覺了嗎？你是哪個字聽不懂？」曲九江不知什麼時候下床的，來到柯維安身後，他聲音低沉悅耳，還帶著冰冷，「室友B，你是嫌舌頭太長嗎？」

「是說那裡是我的脖子……不不不，我絕對沒有要你把刀移到我舌頭上的意思，真的！」柯維安連忙緊張地喊，又像是想起自己這樣做無異是主動露出舌頭，趕緊用力閉上嘴。

「小聲一點，我討厭噪音，尤其是難聽的噪音。」語畢，曲九江反手將出鞘的水果刀往某處一插，插進的卻是一本書裡。

「你想插的那個地方叫作我的衣櫃，我沒興趣扛破壞公物這條罰則。」小白手裡抓著那本不幸犧牲的書，淡淡地說：「附帶一提，這書也不是我的，是你的。」

要不是時機不對，柯維安真想替動作出乎意料敏捷的小白拍手叫好。

是說……會不會也太敏捷了？柯維安盯著這一幕，不禁都要冒冷汗。小白，你竟然拿曲九江的課本擋?你就不怕他翻臉嗎?

曲九江一雙細長凌厲的眼瞇了起來。

正當這時候，房門忽然連敲也沒敲就被人打開了。

「喂，柯維安!我們寢的要跟你借電鍋!」走進門的是柯維安他們對面寢室的男同學。這名高壯的男孩沒想到房裡還有柯維安的兩名室友——平常幾乎不見他們蹤影——原本大剌剌的態度立刻收斂起來。他看著坐在地上的柯維安，再看向手裡拿著書的小白，和手裡拿著水果刀、刀尖則是刺到書裡的曲九江。

「呃，我晚點再借……不，我去向別寢借好了，不打擾你們了。」他乾笑了幾聲，腳步慢慢往門外退，不忘再將房門關上。

房門一關起，走廊上馬上響起那名男同學的大呼小叫。

「一〇二的兄弟，一〇一現在正上演三角戀啊!不過識相的還是別去湊熱鬧，免得殃及我們這些魚……」

「誰在上演三角戀?你全家才都是三角戀。」柯維安嘀咕道。他拍拍屁股站了起來，當然不忘站在離曲九江遠一點的位置，「咳咳咳，大家終於願意分出注意力聽我說，眞是太好了。經過我一下午的研究，我覺得我們還是要趁晚上再回到事發現場調查一遍，說不定有什麼線索，又或者那個『凶手』會再度出現。」

「如果他是白痴，那麼他的確可能再度出現。」曲九江坐回自己椅子上，一雙長腿擱在桌面，一副漫不經心的態度，嘴角勾著諷笑。

「柯維安，你相信駱依瑾說的？」小白關掉電腦螢幕，轉身面向柯維安，語氣平淡卻又依稀帶著嚴肅。

「信，怎麼不信？一個看起來快溺死的人，照理說是沒力氣再說多餘謊話的。重要的是，我聞到了不可思議事件的味道！」柯維安舉手歡呼，眼中是閃亮的光芒，「要是能抓到那個古怪的黑影，那不是很有趣又很有挑戰性嗎？更重要的是——」

柯維安眼中的孩子氣忽地化作深沉。

「可以避免再有其他人受……」

一聲淒厲的尖叫打斷柯維安的話，他幾乎跳了起來，迅速看向兩名室友。

尖叫聲是從宿舍外傳來的，屬於女性所有。

不會吧？該不會又有人出事了？柯維安神情大變，馬上與小白、曲九江奪門衝出。

不止他們這寢的人聽到尖叫，走廊上好幾扇門也紛紛打開，衝出一票緊張、想弄清楚發生什麼事的男孩子。

男舍的住宿生們一下子跑到宿舍外。

不用特意尋找，也能知道騷動從哪傳出——因爲在男舍和女舍之間的步道上，正圍著一群人。

「不好意思，借過一下！借我們過一下！」仗著自己體型瘦小，柯維安立時就擠進了躁動的人群中。

同時，也有越來越多回宿舍的學生們好奇靠了過來。

柯維安馬上擠到人群最前端，他以爲小白和曲九江沒有跟上，沒想到一轉頭，就發現他們兩人也在。

三人都可以看見第一現場是最好的。柯維安鬆了口氣，快速把注意力轉到人群中心。

一個女孩正痛苦地蜷縮在地上，背部像蝦子弓起，口中發出不成調的悲鳴、呻吟，彷彿正經歷某種可怕的劇痛。

縱使對方髮絲散亂、臉色慘白，柯維安也可以認出是誰。

「程湘婷？」柯維安大吃一驚，那不是別人，正是他們中文一的同學。不止如此，他還發現圍觀群眾有幾個也是中文系的，可是她們並沒有伸出援手。

不對，她們不是不想伸出援手，她們是因爲某件事而感到驚恐膽怯。

而且，其他學生的表情大多也是如此。

他們在怕什麼？

當柯維安的目光向下移，馬上就明白了。他不禁倒吸一口氣，眼眸大睜。

在痛苦縮著身體的女孩腳上，血管可怕地浮出。但那些血管不是一般人該有的顏色——竟是黑色的！

乍看之下，女孩的雙腳，簡直像爬滿了黑色的植物藤蔓！

「柯維安。」小白忽然抓住他的手，低聲近耳語般地說，「駱依瑾也在。」

「咦？」柯維安一愣，急忙抬起頭。不消一會兒，就在人群中找到那名短髮的俏麗女孩。

駱依瑾也擠在前幾排人群中，但似乎沒察覺到柯維安他們的存在，臉色煞白，一臉驚恐地瞪著在地上掙扎呻吟的女孩。

柯維安突然想到一件事，駱依瑾和程湘婷是同寢室的室友。

「不相關的人快離開！要回宿舍的就回宿舍，要去吃飯的就去吃飯！沒事不要圍在這裡！」騷動中，男女宿舍的舍監都跑了過來，身邊還帶著學校的教官，「好了，快點解散！誰再逗留，我就罰誰去做勞動服務！」

在舍監嚴厲的斥喝下，大部分學生都散去了，但仍有部分人留下來。是中文一的女生，她們擔心自己的同學不知道是否發生了什麼事。

柯維安本來也想留下來，但他發現駱依瑾居然就像怕人注意到似地轉身就跑。

這太不合常理了，因爲駱依瑾和程湘婷除了是室友，還是常一起行動的好朋友。

可是，她卻丟下對方跑了？

無暇再繼續細想，柯維安示意小白和曲九江一塊追上。所有人的心力都放在出現異變的程湘婷身上，誰也沒有多留心柯維安他們的行動。

男孩子的腳程畢竟比女孩子快，一晃眼，柯維安三人就追上了駱依瑾。

「駱依瑾，等一下！」柯維安張開雙臂，擋在對方正前方，阻止她再跑下去。

駱依瑾滿臉驚慌失措，下意識後退一步，但身後卻被小白和曲九江擋住了去路。

一瞧見曲九江，駱依瑾差點害怕地叫出聲，連忙用手摀住自己的嘴巴，似乎怕再引來其他人的注意。

他們目前所在位置靠近男舍角落，這裡人跡稀少，地上倒是積了一堆菸屁股，顯示有時會有人來這抽菸。

「嘿，冷靜些。」柯維安掛起令人放心的笑臉，好聲好氣地安慰道：「是我們，不可思議研究小隊。」

「這名字真是蠢爆了。」小白低聲說。

「駱依瑾，妳怎麼了？」柯維安裝作沒聽到，他可是覺得這名字棒透了，「妳剛也有看到程湘婷吧？妳知道她發生什麼事了嗎？」

「我……」駱依瑾突然紅了眼眶，似乎隨時會哭出來，「我不知道……湘婷她怎麼會變成這樣……我也會……我也會變得跟她一樣嗎？」

誰也不明白這是什麼意思。

「柯維安，你們眞的在調查了嗎？你們眞的會幫我嗎？」駱依瑾情緒又激動起來，她猛地抓住柯維安的手，急切逼問：「我不要變得跟湘婷一樣！你們的動作再快點，再快點啊！」

柯維安似乎呆住了，一時間反應不過來。

「夠了，少在那無意義地陷入歇斯底里。」強硬穩定下局面的人居然是小白，他沉著臉，將兩人分開。

沒想到低調、不引人注目的小白也有強勢的一面，駱依瑾愣了愣，手就這麼被人拉開。

「不說清楚，沒人知道妳發生什麼事。」小白沉聲說：「要人幫妳，也該拿出一點對應的態度來。」

「無聊至極，我沒興趣了，先回房去。」曲九江毫不隱藏地流露出厭煩，頓時眞的要掉頭離去。

「等……等一下！」駱依瑾這下不禁慌了，深怕曲九江這一走，柯維安和小白也會離開。他們明明答應過她！如果他們都走了，誰來幫她？

「我不知道湘婷怎麼了……我是聽見尖叫，才從宿舍跑出來看的……但我可能，我可能過不久也會變得跟她一樣！」最後一句，駱依瑾哽咽喊出。

曲九江同時也停下腳步。

短髮的俏麗女孩眼中含淚、臉色蒼白，她顫抖著手指，將今天穿的內搭褲捲至小腿。

柯維安等人大吃一驚。

那雙白皙腿上，宛如黑色藤蔓的血管正醜惡地攀附在上頭。雖然只有一點點，但和程湘婷身上的一模一樣！

「我是在剛剛……」駱依瑾聲音發顫地說：「剛剛在宿舍時，才發現我的腳……忽然變成這樣……」

□

柯維安可沒預測到才不到一天，事情就超出他的預料，甚至幾乎失去控制。他才剛接下駱依瑾的請託沒多久，都還沒制定好計畫，系上另一名女同學就先出現了異況。

她倒在男宿舍和女宿舍之間的步道上，腳上血管就像纏繞上了黑色植物的藤蔓般！

那女同學很快就被送到醫院，然而目睹這件事的人卻不禁心生惶惶，暗自猜測對方該不會是招惹到什麼不乾淨的東西，畢竟那看起來太讓人覺得匪夷所思了。

除了柯維安等人，目前還沒有人知道駱依瑾身上也出現了同樣的問題。

深怕自己的情況被人發現，強制送到醫院診療，進而承受那些指指點點的視線，駱依瑾說什麼也不願再等待。她極力要求柯維安今天一定要有所行動，無論如何都要讓調查有所進展。

事實上，就算駱依瑾不這麼要求，柯維安也打算在今晚回到最初的事發地點調查。

——這也就是爲什麼已經晚間十點了，柯維安還躲在人文學院二樓的原因。

當然，一起埋伏的還有他的兩名室友，小白和曲九江。

由於已經達成條件交換，所以柯維安對他們願意一起參加行動並不意外，他意外的是小白的態度。

和直接假寐、擺明自己只是來湊人數，有事別拖他下水的曲九江相比，小白可說是出乎意料地認眞。沒有打瞌睡，沒有玩手機，而是相當專心地監視著走廊的情況。

今天是星期四，人文學院的教室沒有上到九點那麼晚，加上各系的系辦在六點多也紛紛關燈下班，因此各樓層很快就沒了人煙。

到了十點，更是一片安靜，只能聽見中庭的便利商店偶爾傳出自動門開啓的聲音。

「小白，我說小白。」壓低了聲音，柯維安再也忍不住心中的好奇，小小聲問道：「你看起來對這事很認眞……不不不，我不是說認眞不好，也不是要你不認眞。我的意思是……」

頓了下，他把音量放得更低，就怕被後方的曲九江聽見，「我以爲你對這事其實不感興趣……就像曲九江那樣。」

「我是不感興趣。」小白不習慣有人靠太近，他一把將柯維安的臉推開，「駱依瑾的態度我也很反感。可是你說了吧？最重要的是，這可以避免其他人再受害。」

「小、小白……」柯維安感動得差點熱淚盈眶，沒想到當時說過的話，小白居然記下了。他想要給他的好室友來個大大的擁抱，但是小白就像早已預料到一樣，大手一伸，直接不客氣地五指抓住他的臉。

「小……小白？」柯維安困惑地喊，覺得自己的臉好像要跟著變形了。

「吵死了，不要老是喊我小白。柯維安，我不管你還有什麼廢話，我現在只有一個問題要問你。」小白的聲音聽起來比平常低，「你說你還找了一個援兵，那個援兵爲什麼還沒出現？」

「原來是要問這個。我是跟她約這個時間沒錯，可能晚點就會來了……小白，你可不可以放開我了？我覺得我的帥哥臉都要變形了。」

小白確實鬆開手了，卻不是聽見柯維安那番話的緣故，而是看見斜對面的電梯顯示板居然開始出現變化。

從B1變成1，然後又繼續變成2……

是誰？這時候還會有誰到這裡來？小白鏡片後的一雙眼警戒地瞇了起來。不可能是柯維安口中說的「援兵」，畢竟有哪個援兵可以脫線到大剌剌地搭電梯上來？

在三雙眼睛的注視下——連曲九江都掀開了眼——電梯面板上的數字來到了2，便停止不再變動。

接著「叮」地一聲，電梯門緩緩向兩側滑開，從中走出一名身材纖瘦的長髮女孩。憑藉著走廊上微微的燈光，能夠看清那名女孩的相貌。

比常人還要白，甚至帶了點病弱味道的膚色；精緻的五官，缺乏表情的文靜臉龐。這些特徵不禁讓小白暗中吃了一驚，那人不是別人，正是系上常請假的秋冬語！

為什麼她會到這裡？手上提的塑膠袋，裝的又是什麼？正當小白腦海閃過這些疑問之際，步出電梯的秋冬語左右望了望，接著邁出腳步，竟直接朝他們三人藏身的樓梯間走來。

咦？小白還愣著，柯維安已興高采烈地站起，用著氣聲開心地歡迎對方。

「小語，妳終於來了！我還擔心妳怎麼一直沒到呢！」

……咦？小白幾乎懷疑自己聽錯了。

「柯維安。」不讓柯維安張手擁抱秋冬語，小白以粗暴的力道將他拉回，「這是怎麼回事？你不要跟我說你所謂的『援兵』，就是秋冬語。」

「肯定……我就是小柯找的援兵。」秋冬語舉起手，慢慢地說：「抱歉，遲到一點，我不小心在下面的小七待太久了……發現今天出了好幾種新口味的飯糰。」

「飯糰？」小白愣了下，才反應過來秋冬語說的「小柯」就是柯維安，他覺得自己快跟不上這個系上病美人的思緒了。

「嗯，御飯糰。」秋冬語提高塑膠袋，「我買了很多……但只能分你們一個，其他都是我的。」

「柯、維、安。」小白再也沒辦法用平淡的語氣說話，他咬牙切齒地擠出聲音，「你找了一個來這吃飯糰、還搭電梯上來的脫線援兵，到底是要來做什麼！」

「小語只是喜歡便利商店的食物，其實她很有用的，我保證！」柯維安慌張地解釋道：「我是說眞的！」

「一個老是請病假的女人會很有用？」曲九江也插話了，還是一貫懶洋洋的聲音，可話語裡是再明顯不過的嘲弄，「室友B，你說她是來扯後腿的我還比較相信。」

「否定，我不會扯後腿。」秋冬語抬眼對上曲九江，病弱的美麗臉龐還是什麼表情也沒有，如同一尊瓷娃娃。下一秒，她忽然往上跨了幾級階梯，無預警地湊近曲九江和小白身邊，動作之快，讓他們來不及反應。

「味道……」秋冬語的眸子在夜晚中簡直像黑曜石，黑得發亮，「奇特，不一樣……但又好像在哪聞過。」

這古怪的舉動讓曲九江和小白怔住了。

「小語，妳不要嚇到人，這樣的動作太沒禮貌了啦。」柯維安連忙將秋冬語拉回，並把握這個時機，迅速將未完的話說完。

「會找小語過來是有原因的。駱依瑾說她是昨晚差不多這個時間點碰到奇怪的黑影。所以我才想說找個誘餌還原現場，運氣好的話，說不定黑影真的被引出來。而且小語也是我未來不可思議社預定的成員，現在則是文同會的好夥伴，再也沒有人比她更適合助手這個身分了。」

「文同會？」小白流露錯愕，「秋冬語哪時候也是……」

「天啊，小白，你真的忘了？雖然小語跟幽靈社員差不多，又很少出席，但她和我們都是同社的啊！」柯維安緊張地抓住小白的手，「小白、小白，你清醒點，我們才大一，你怎麼就痴呆了？我們連妹都還沒把到呢！」

「把你……」小白硬生生吞下原本想說的話，使勁抽回手，「誰跟你『我們』，離我遠一點。也就是說，你要讓秋冬語當誘餌？柯維安，你是腦子浸水了嗎？萬一真讓她遇上，她那身手怎麼可能逃得走？」

「如果遇上，我不會逃……」秋冬語說，「我會……」

「我們當然會立刻衝去救她。」柯維安飛快打斷秋冬語的話，高舉起自己的寶貝筆電，「放心好了，小白。我在小語的手機上已經先安裝微型攝影機，錄到的畫面會直接連到我的電腦上播放。一有什麼不對勁，我們馬上就能衝出去。」

小白還是不放心，可是現場也只有秋冬語一個女孩子可以充當誘餌，而距離十點半也只剩十五分鐘左右，要是再拖下去，工友就會來夜巡鎖門，今天的調查行動也就宣告失敗。

「曲九江，」小白倏地對曲九江低聲說：「別再置身事外，我會再請你一瓶草莓蘇打。」

「你比我想像的還要再無聊一點了，小白。原來你只是裝著對身邊事沒興趣，結果還是會擔心別人。」曲九江哼笑一聲，卻也沒有拒絕，「可以，畢竟草莓蘇打我是不會嫌多的。」

「……怎麼沒有糖尿病跟牙齒爛掉。」小白含糊地咕噥一句只有他自己才聽得到的話。

「小白、曲九江，準備開始行動。別在那講悄悄話了，我會嫉妒你們感情好。」坐在第一層階梯的柯維安回頭說，要兩名室友一起來觀看筆電上的畫面。

秋冬語那邊也已經準備好了。

向三人點下頭，長髮女孩開始行動。

□

一等到秋冬語的身影消失在轉角，柯維安等人立即盯緊筆電螢幕，留意微型攝影機傳來的畫面。

秋冬語馬上就來到了事發地點的二〇二教室前。

由於教室內一片昏暗，因此傳來的影像也有些模糊，看不太清楚。

「嗚啊！失策……這樣即使有黑影，也很難發現啊……」柯維安懊惱地拍下額頭，不過一雙眼睛也不敢大意地離開畫面。

隨著畫面的變化，看得出來秋冬語已經踏進教室裡。

然而就在這瞬間，曲九江眼中冷光一閃，手指倏然指向螢幕上的一點。

「就在這裡。」

拋下這句話，那抹高大的身影頓時迅雷不及掩耳地掠出。

「什……在哪裡？在哪裡？」柯維安一頭霧水，只看到教室裡仍是黑漆漆的，不明白曲九江是怎麼看出有東西的，「我什麼都沒……小白！」

眼見連小白都不由分說衝了出去，柯維安想也不想就抱緊筆電，也趕緊跑向二〇二教室。

一到教室門口，還來不及喘口氣，柯維安眼前就映出教室內有一團黑影霍然撲出的畫面。他雙眼驚恐地大睜，兩腳像生了根，忘記要怎麼移動，只能看著黑影離自己越來越近。

上頭一雙眼睛正駭人地發著光！

「柯維安！」有人低吼出他的名字，並及時將他扯拽到旁邊。

柯維安的腦袋撞到門框，痛得他回過神來。他下意識先確認筆電的安好，接著才發現身邊的人是小白。

小白對他使了一記噤聲的眼神。

柯維安這才注意到，接連撲空的黑影並沒有趁隙逃逸，反倒徘徊在門口，那雙發光的眼睛宛如在搜尋什麼。

柯維安心裡一愣——那不是紅色的眼睛，也就是說，不是……

突然間，教室內的日光燈全數亮起，熾白的光芒頓時將一切景象映照得一清二楚。

開燈的人是曲九江，他站在開關旁，臉上沒有一般人看見異形之物的表情，反而還噙著慵懶冰冷的笑。

秋冬語從藏身的桌椅後站起。

四個人，四雙眼睛，都是盯著同一個方向——教室門口。

教室門口處的黑影……不對，實際上那並不是黑影，而是團像裹著爛泥巴的球形生物。

那些爛泥不時滑下，墜落到地面，奇異的是，又立刻消失不見。

而在那顆泥球身上，只看得見一雙發著光的深棕色眼睛。

「就是這東西……攻擊駱依瑾的嗎？」柯維安詫異地自言自語。

「小柯，它沒有……獵物的味道。」秋冬語一瞬也不瞬地凝視著那顆泥球。以一般女孩子的反應而言，她可說冷靜得太過分，彷彿缺少恐懼之類的情感。

小白沒漏聽這句話，他眼中閃過瞬間的驚疑。他和秋冬語不熟，但也知道她在系上出了名地常請病假。可今日的她，就像身上還懷著某種不爲人知的祕密。

「有……」泥球無預警發出聲音，竟是會說話，「有不敬者的味道……可是、可是……」

泥球忽然搖搖晃晃地向秋冬語靠近了一步，「可是……妳不是不敬者……爲什麼，爲什麼會有味道……」

「好樣的，眞的被我猜對了。」柯維安眼神驀然一亮，「駱依瑾的確是被鎖定的目標，那東西在找她沒錯！」

「什麼意思？你做了什麼？」小白立即警覺地問。

「我讓小語向駱依瑾借衣服穿，所以那東西才說會有味道，但又不是本人。姑且不管駱依瑾做了什麼而被稱爲『不敬者』……總之，先想辦法抓住它再說。」柯維安霍然大聲命令，「小語，動手！」

「是……」秋冬語的聲音還是輕飄飄的，然而同時間，她一手已飛快抓住一把離她最近的椅子，毫不留情就向泥球揮出。

這一幕讓小白看傻了。教室的椅子說重不重，但也絕不是女生可單手輕易提起的。椅子砸向泥球，受到驚嚇的它大力彈起，隨即轉身，如火箭炮般欲衝往門口逃離。

「還想跑哪裡去？」曲九江扯開陰狠的笑，猝然伸手搶在泥球之前，猛力關上門。泥球煞車不及，撞上門板，沒想到就這麼潰散成一灘爛泥，從門縫處「咻溜溜」地就滑滲到教室外。

「不會吧!?」目睹此景的柯維安不禁大驚失色，而其他三人早在第一時間追了出去。

顧不得這番大動作是否會引來他人，眾人拔腿緊追在那顆又聚回原形的泥球後面。

泥球的速度比想像中快，一下就撲躍到另一端樓梯口。唯一值得慶幸的是，還好它不是從二樓直接跳下去。

一眨眼的工夫，泥球已經來到一樓走廊了。

柯維安單手抱著自己的筆電，跑起來自是比其他人慢了幾分。

不，他早知道秋冬語和曲九江的速度不是一般的快……可是他沒想到，連看起來安靜的小白也不落人後。

「哈……哈啊……」好不容易也追到一樓，柯維安喘著氣，險些就要站不直身體。

「你未免也跑太慢了？」隨著這句話冷不防地落下，一隻手也伸到柯維安面前，將他一把拉了起來。

「小……小白？」柯維安沒料到小白又折回來。

「你不是對跑步很有信心？」小白皺著眉問。

「哈哈哈，那只是短程的爆發力……其實我體力超爛。不過要是碰上逃命情況，那爆發力就會持續得比較久了。」柯維安挺起胸膛，補充了這一句。

「聽起來還是一樣遜。」小白不冷不熱地諷刺了這句，「曲九江和秋冬語會設法將那奇怪的玩意堵在地下一樓。我們動作快點，你就把這想成是在逃命就行了。」

「咦？但是這樣一點實際感都沒……」柯維安的話猛地因爲另一方照來的光線而吞下。是拿著手電筒的工友。

十點半，工友要來夜巡鎖門了！

不等工友喊出什麼，柯維安登時急忙揮手嚷道：「不好意思，我們是在爲戲劇展排演！接下來發生什麼事，都只是效果，還請多包涵一下！我們是……我們是公行系的學生！」

「……虧你扯得出來。」小白說出了像是敬佩的一句話，但下一秒，他猝不及防地搶過柯維安的筆電，「柯維安，要有實際感嗎？落後三步以上，我就砸了這台筆電。」

「什——咿啊啊啊！拜託不要！小白，拜託你住手啊！」煞白了一張娃娃臉，柯維安這下充分感受到危機，雙腳說什麼也不敢怠慢地邁出，就怕距離拉到三步以上，他心愛的筆電就要跟他說再見了。

而那名夜巡工友似乎眞的相信了柯維安的話，並沒有揮舞著手電筒大步追上來。

爲了筆電，柯維安可是拿出彷如在火災現場般的爆發力來跑，不但沒有落後三步以上，反而幾乎迎頭趕上小白。

兩人三步併作兩步地衝下樓梯。

一到地下一樓，立刻看見曲九江和秋冬語，也看見了那顆泥球。

——那兩人和那異形之物此刻都是停止不動，卻又不是因爲彼此而僵持。

「那又是什麼……」柯維安喃喃發出聲音。

會讓曲九江、秋冬語以及泥球都停下的原因，在更前方，通往戶外停車場的出入口。一抹背著光的瘦小身影佇立在那。從身高看，似乎是小孩子，卻又分不出是男是女。

「所以，那不是你找的二號援兵？」小白低聲問。

「我只找了小語過來而已。」柯維安以氣聲回話，雙眼緊盯前方，「而且那個小孩子……我猜不會是一般『小孩子』。」

柯維安會這麼說，不是沒有原因的。

這裡是繁星大學，唯一可能會出現小孩子的，只有教師宿舍那邊，而那裡距離人文學院遙遠，光是步行可能就要半小時以上。

更何況現在還是晚間十點半，誰會讓自己的孩子跑到這種地方來？

不論柯維安等人怎麼想，面對那名突然出現且看不清樣貌的孩童，泥球竟然……流露出畏怕的情緒。

是的，那是畏怕。

因爲泥球全身正抑制不住地顫抖，使得身上的爛泥滑墜得更快，一沾上地面又消失不見。

孩童舉起手。

「歸來……否則將……消失……」

走道間，一陣奇異又含糊的沙啞聲迴盪，令人聽不清內容，也分不出那是屬於男性或女性的聲音。唯一可確定的，那聲音似乎是由那名看不見臉的孩童發出。

「他」上前一步，泥球竟是顫顫地後退了一步。

眼下局面彷彿陷入奇異的僵持。

「我們的調查可不能被人打斷……你到底是誰！」最先打破僵持的是柯維安，他猛然掏出爲了這次調查而帶來的手電筒，無預警地按下開關。

亮白色的光乍然亮起，筆直打在那名來歷不明的孩童身上。

對方明顯受到驚嚇，反射性抬手遮臉。

所有人都看見了那頭凌亂的綠色頭髮。

——普通小孩子，不可能擁有這種髮色。

還未等在場眾人從錯愕中回過神，被雙方包夾其中的泥球抓住這個空檔，身體立刻崩化成一灘爛泥，迅速從那綠髮孩童身旁的空隙疾竄而出。

這發展令人措手不及。

「糟了！」回神的柯維安連忙和秋冬語等人衝出去，然而等在他們眼前的，就只是一座空蕩蕩的機車停車場。

在夜色的遮掩下，更難尋出任何關於泥球脫逃方向的蛛絲馬跡。

「那個小孩子！」柯維安驀地大叫一聲，急忙想找到另一抹可疑人影。

但小白卻對他聳聳肩，「沒了。我們追出來的時候，那小鬼的身體也變得透明，然後消失……天知道是人是鬼。」

「不可能是人。」曲九江冷笑，「那德性要是人，可眞要笑掉我的大牙了。」

「啊啊啊！」柯維安懊惱地抱頭蹲下，「差一點就能成功，爲什麼偏偏殺出一個程咬金？這下連目標物跑到哪都不知道了，唯一的線索，就只有它果然是針對駱依瑾……」

「那就叫那女人自己出來當餌。」曲九江冷淡地說。

「咦？」柯維安一愣，慢慢抬起頭，「咦咦咦？可是，當事人說不定會有危險……」

「那又怎樣？」曲九江勾起唇角，俯望柯維安的眼瞳毫無波動，簡直就像缺乏了溫度的無機物，「我答應你的是調查這事的眞相，當事人的死活與我有何關係？」

「但、但是……」柯維安嚥了嚥口水，他覺得曲九江的眼底深處好像有冷酷的銀光閃過。

「我贊成讓駱依瑾出面。」另一道聲音說。

「小白！」柯維安這次吃驚得跳起，他以爲小白會和他站在同一陣線，因爲小白不是曾說過，不想再見到有人受傷了嗎？

「別抓著我的領子。」小白皺著眉，揮開衣領前的那雙手，「柯維安，我提這個意見，不是當事人的安全不重要，而是駱依瑾若不出面，這事估計也沒完沒了。你不也說了，那團爛泥巴似的東西是針對她才來的嗎？」

「如果照我的判斷，的確是……」柯維安又蹲了下去，十指煩惱地揪扯著自己的鬈髮。

姑且不管曲九江的意圖，小白說的倒是一點也沒錯。從那顆泥球稱呼駱依瑾爲「不敬者」來看，後者一定是做了什麼，引得騷動頻起。

只要讓駱依瑾出面，說不定就能再誘使那顆不知所蹤的泥球出現。

只是，她會願意涉險嗎？還有那個中途殺出的詭異小孩……和泥球又有著什麼連繫？

「小語，妳呢？」柯維安想得頭都痛了，乾脆將問題丟給唯一還沒發表意見的少女。

秋冬語沒有馬上回答，她不知道從什麼時候開始吃起了她的御飯糰。

待最後一口消失在她手中，吞下咀嚼完的食物後，她才開口，「小柯決定做……我就支援。」

一樣是輕飄飄的語調，可是她的下一句，就像在眾人中拋出了炸彈。

「剛剛綠頭髮的小孩……我看過。」

秋冬語閉上眼睛回想著。

那宛如山林的綠色髮絲，以及深棕如泥土、從髮絲間隙裡露出的眼眸……

然後她睜開了眼。

「在……楊百罌的身上。」

第五章

當刺亮的陽光穿過沒有閉緊的百葉窗、一點也不客氣地侵入房間時，床鋪靠窗的柯維安頓時發出了呻吟。他翻了個身，拉上棉被，試圖隔開擾人清夢的光線。

但是沒一會兒工夫，他又被悶到受不了地扯開被，心不甘情不願地坐起。

國立大學的宿舍就是有個壞處，價格便宜歸便宜，但寢室內就只有一支裝設在天花板上的老舊電風扇，在消暑解熱上一點也幫不上忙。

頂著一頭鬈翹得亂七八糟的鳥巢頭，柯維安打了個大大的呵欠，往床底下探頭一看。

曲九江早就不見人影，只有小白還坐在電腦桌前，低聲和人用麥克風聊SKYPE。

柯維安又打了第二個呵欠。自從他們成為室友後，他就常看見小白和人講手機或者聊SKYPE，也不知道對方是誰，問是不是女朋友，也只換來小白的冷眼相待。

「真是太過分啦……我們明明是好夥伴，昨天不是還一起行動出任務嗎？」柯維安唸唸有詞地爬下梯子，不過聲音似乎太大了，頓時引來小白的不滿。

「吵死了，柯維安，快滾去外面刷牙洗臉。」小白抓了一個塑膠杯砸向柯維安，又重新壓低聲音，對著SKYPE另一端的人說：「沒什麼，你聽錯了……是我室友昨天跑到外面瞎混，現在在那抱怨……我當然沒出去，我寧願睡上一覺或是整理房間。」

要不是怕再惹來小白的第二波攻擊——到時可就不是飲料杯，可能是《中國史》了——柯維安眞想和小白的聊天對象說，小白是睜眼說瞎話，他昨天可是跟自己一塊跑出去了。

昨晚他們到人文學院二樓埋伏，成功引出最近造成意外的可能凶手，誰曉得在追擊途中又出現一個不明人士，使得目標趁隙逃脫。

而不明人士也消失無蹤。

不過，秋冬語卻說自己曾見過對方——就在楊百罌身上。

那時楊百罌正和人講著手機，曾提及一個叫作「珊琳」的名字，只是不知道這和那不明人士有沒有關係。

天呀，楊百罌……怎麼偏偏會是她？柯維安苦著表情，來到公共廁所刷牙洗臉。

洗手台前也站著幾名跟他一樣剛起床的學生，有的是自己系上的，有的則是別系的。

說到楊百罌，柯維安心中第一個浮上的字眼是，「冰山美人」。

對任何人都不假以辭色的楊百罌，要向她問話的難度上可是太高太高了……

柯維安可以想像，假使自己問了一句：「班代，聽說妳被什麼附身，可以讓我研究看看嗎？」對方一定會投來冰冷又苛刻的眼神，然後毫不猶豫將他歸類到「神經病」的範圍內。

可是，小語不可能看錯……就在柯維安暗自苦惱不已之際，又有人從外走進來了，是隔壁

寢的同學

「唷，柯維安，你睡到現在才起來嗎?跟你說……女舍那邊好像又出了什麼問題。」

「咦?」柯維安狐疑地睜大眼，立刻將楊百罌以及那不明人士的事先擱到腦後。

「我女朋友告訴我的。噓，你別傳出去，就是……」

隨著對方吐露的內容越來越多，柯維安的雙眼也跟著震驚得越睜越大，最終他忍不住倒抽了一口氣，卻差點被還未吐掉的牙膏沫噎到。

用最快速度刷完牙、洗完臉，柯維安匆匆忙忙衝回寢室，用力打開房門，臉色發白。

小白停下聊天，轉頭看向房門口。

「小白，剛毛哥跟我說，顏惠晴昨天半夜也出事了，人已經被送到醫院。她的腳……她的腳也出現了『那些東西』。」

小白猛地站起，險些弄翻椅子。

他當然知道顏惠晴是誰，是他們系上的同學，同時，也是駱依瑾和程湘婷的室友!

□

柯維安怎樣也沒想到，昨天他們折騰完一夜回到房間休息後，女舍那邊也同時悄悄地出了問題。

第二個身上血管變黑浮出的受害者出現了，就是和駱依瑾同寢的顏惠晴。

這事沒有鬧大，最多就是中文一的女同學們知情，但她們已漸漸感到驚慌，不明白自己的同學怎會好端端的忽然出了事。

而她們的消息自然又會傳到男同學那邊去，沒多久，整個中文系一年級已傳得沸沸揚揚。

爲了安撫學生的情緒，身爲一年級班導的中國史教授還特地在課堂上解釋兩人目前都沒有大礙，只是還需要住院觀察，那些黑色的東西很可能是過敏引發的症狀。

有人信了，有人還是不相信——親眼目睹過血管就像黑色植物枝蔓浮露的學生們，說什麼也沒辦法接受那只是過敏造成。

任憑教授說的話左耳進、右耳出，柯維安暗中觀察了一下班上情況。

曲九江沒到，秋冬語沒到——他知道秋冬語昨天有事沒回宿舍。

還有……駱依瑾也沒到。

那個最關鍵的女生，到底跑去哪裡了？她和顏惠晴同寢，卻又沒通知他們這件事……

忽然，有誰從後面踢了柯維安的椅子一腳。

柯維安嚇了一跳，反射性一扭頭，卻見到坐在他身後的小白無預警舉手站起。

「老師，我肚子不舒服，要去廁所。」

小白要去廁所，幹嘛踢他椅子？柯維安心裡正困惑，突然留意到小白瞥了他一眼。

幾乎下意識，柯維安也迅速站起，「老師，我也尿急，我去廁所一下，馬上就回來。」

「你們是感情好到非要一起上廁所嗎？」講台上的教授皺了皺眉，他的話引起台下學生們一片悶笑，間接也沖淡了原先凝重的氣氛，「要去還不趕快去？」

「謝謝老師！」柯維安眉開眼笑，馬上一溜煙跑出教室，但是當然不是眞的跑進廁所，而是腳步一轉，三步併作兩步地衝下樓梯。

果然就在一樓樓梯口，瞧見先他一步離開的小白在那等著他。

「小白、小白，怎麼了？發生什麼事嗎？」顧不得一口氣還沒緩過來，柯維安忙不迭地問，「啊，難道說你只是找藉口跟我約會嗎？」

小白的回應是皮笑肉不笑地把一支手機用力拍上他的臉。

「痛痛痛……小白你也太狠心……」柯維安哀叫，覺得鼻子都要扁掉了。

「自己看清楚。」小白冷淡地說。

柯維安雖然一頭霧水，還是依言接過手機，看清螢幕上的內容。

這一看，柯維安當下驚悚地抽了口氣：「小白，原來曲九江會傳簡訊給你？我還以爲他手機裡一定半個聯絡人都沒有！」

「傳你……」小白的臉瞬間扭曲，看起來像是想發飆，又極力地忍了下來。他深呼吸，握緊拳頭，忍耐地說，「看、簡、訊，我是要你看簡訊的內容。」

柯維安縮下肩頭，就算小白沒有放大音量，但語氣聽起來已經像是風雨欲來，他趕忙低頭認眞再看一次。

這一回，柯維安的表情都變了，所有嬉笑消失在那張娃娃臉上。

曲九江傳來的簡訊很簡短，只有一句話：駱依瑾和趙佩芬在行政大樓後。

趙佩芬。柯維安對這名字有印象，她是系上二年級的學姊，而且……還是駱依瑾她們那一寢的第四人！

最先昏迷在教室外、記不得發生什麼事的駱依瑾；身上出現異變，被送到醫院的程湘婷、顏惠晴，現在又出現了趙佩芬的名字……

至今的騷動，都和駱依瑾那一寢的人有關。

柯維安和小白對視一眼，毫不猶豫拔腿就往行政大樓奔去。

他們有種預感，駱依瑾與趙佩芬，恐怕不是剛好碰到面……

行政大樓就在人文學院正後方，柯維安得慶幸這段距離不算太長，否則他可能跑到一半，就要被小白拖著跑了。

從正面直接切入，他們兩人跑過一樓大廳，來到後門，卻沒想到會聽到引擎發動的聲音。

引擎？校車！

柯維安連忙低頭看手錶，現在正是校車出發的時間……難道駱依瑾想下山!?

「那個女人……他媽的開什麼玩笑！」小白鐵青了臉，那似乎是柯維安第一次聽見他罵髒話——對方總是低調安靜，像極力不想強調自己的存在。

不對，現在不是想這事的時候！柯維安迅速甩去這念頭，追著小白一起跑出行政大樓外。

將此地當成發車地點的校車確實已經發動，並且離開了。

但，他們要找的駱依瑾還在。

打扮時髦的短髮女孩就像沒發覺行政大樓內有人跑出，她蒼白著臉，氣急敗壞地追著校車離去的方向大叫。

「學姊，妳不能丟下我們不管！佩芬學姊，最初明明是妳帶我們去的！學姊！」

直到校車消失在轉角處，駱依瑾才像是放棄般停下腳步，纖瘦的身軀孤伶伶地站在原地，看起來異常單薄無助。

「佩芬學姊帶妳們去了哪裡？」

這句驀然響起的質問嚇到駱依瑾。她震了一下，驚慌失措地轉過頭，見到柯維安和小白的身影。

「學姊帶妳們，妳、程湘婷、顏惠晴，去了哪裡嗎？」柯維安沉下一張娃娃臉，嚴厲地質問道，不讓駱依瑾有閃躲問題的機會。

「我……」駱依瑾白著臉，接著竟是拔腿往後跑。只不過她只跑出了一步，就有人擋住她的去路。

駱依瑾臉上幾乎沒血色了，就像看到什麼恐怖事物般瞪大眼，雙腳踉蹌向後退，然後一個重心不穩跌坐在地。她似乎沒感到疼痛，眼中只剩那抹可怕的存在。

那名一身閒散氣質，但眼中沒有任何溫度的高大青年——曲九江！

駱依瑾不知自己爲何如此害怕對方，可是，她就是無法抑制這種感覺……

駱依瑾試著尖叫，想引起注意……然而有隻手搶在她發聲前，猝不及防地摀上她的嘴。

「閉嘴。」小白冷聲警告，手掌摀得密實，不讓駱依瑾的尖叫有機會衝出喉嚨，「妳以爲這是哪裡？」

這是哪裡？這裡是有最多學校職員聚集的行政大樓。

駱依瑾似乎在瞬間驚悟過來，假使自己在這引發騷動，那很多事可能就掩蓋不過去了。她慢慢眨下眼睛，試圖表達自己不會貿然行動。

小白鬆開手，瞥了一眼簡直神出鬼沒的曲九江。

他就這樣突然出現了，彷彿一開始就站在那個位置。

「你是從哪裡冒出來的？」小白問。

「樹上。」曲九江抱胸倚在柱子旁，漫不經心地往遠方大樹一抬下巴，也不知道是認眞的抑或是開玩笑。

「你沒攔住趙佩芬？」小白又問。

「為什麼我要？」曲九江挑起眉梢。

「小白、曲九江，佩芬學姊的事我們晚點再討論。」柯維安趕緊出聲，一邊伸手幫忙拉起駱依瑾，「駱依瑾，妳知道顏惠晴出事了嗎？」

駱依瑾身子僵住，她的反應說明一切——她知道。

「妳為什麼不通知我們……我不打算這樣問。」柯維安緊緊盯住對方盛滿慌張的眼，「至今為止，出事的都是妳們那一寢的。我猜，這不是巧合。妳是不是還有什麼瞞著我們，沒有坦白說出來？例如，妳們是不是去了哪裡，然後……冒犯到什麼？」

「我……我不知道……」駱依瑾用力抱著自己的包包，聲音顫抖，「我什麼事都沒做，可是、可是……湘婷和惠晴也都出事了，然後就連我也……現在只有佩芬學姊沒事，那一定就是學姊的錯……因為那天晚上，是她帶我們去的……」

「去哪裡？佩芬學姊帶妳們去哪裡？」柯維安盡量不讓自己的語氣太咄咄逼人，以免再讓情緒不穩的駱依瑾受到驚嚇。

駱依瑾蒼白著臉，發出如同脖子被人緊緊掐住的呻吟。

「夜遊……學姊在半夜，帶我們去山上夜遊！」

那原本真的只是一時心血來潮的提議，就爲了打發無聊時間。

起碼當時的駱依瑾、程湘婷、顏惠晴是這麼想的。

她們三人一入學就很合得來，喜歡討論流行，在網拍上尋找可愛的衣服飾品。

而她們的寢室，也是中文系一年級中，唯一和學姊共用的一間。

雖然是大二學姊，但趙佩芬沒有架子又好相處，四個人很快就形成一個小團體。

就在某個星期三晚上，四個人待在房裡，不想上網、不想看書，也不想那麼早睡，一時間完全找不到事做。

於是趙佩芬隨口提了要是季節對的話，就可以帶她們去看螢火蟲。

頓時，駱依瑾她們三人的眼睛都亮了，馬上央求學姊帶她們去夜遊，就算沒螢火蟲也沒關係，反正就當是打發時間。

捱不過三名學妹的撒嬌，也像是想要展現自己身爲學姊對繁星市的了解，趙佩芬答應帶她們前往大部分一年級都不知道的地方。

除了可以夜遊，還能欣賞繁星市美麗的星空。

或許大學生總是容易被突來的興致沖昏頭，她們沒有考慮那時已是晚上十一點多了。

她們四人共騎兩輛機車，到達趙佩芬口中的祕密觀星地點時更是超過午夜十二點。

趙佩芬帶她們去的是一座不知名的山，那裡路燈稀少，山路大部分都被黑暗籠罩。

不過四名大學生嘻嘻哈哈的，一點也不覺得害怕。

依照趙佩芬的指示，她們將機車停放在路邊，再從一條小路走上去……

接著，駱依瑾三人就被那一大片燦爛的星空迷眩了眼。她們目瞪口呆，驚艷得久久無法回神。她們三人都是都市小孩，哪裡曾看過這樣的星空？

而往下俯望，則是能看到遠方的國道上路燈矗立，連綿延伸成了夜晚中的光之彩帶。

駱依瑾她們在那逗留了好一陣子，捨不得太快離去。直到趙佩芬用來充作臨時座椅的石頭忽然崩裂，讓她一屁股跌坐在地，發出一聲驚叫。

其他三人嚇了一跳，然後忍不住笑出聲。

可是，當她們發現那原來不是普通的石頭，而是上面刻有什麼字跡的石碑後，瞬間都笑不出來了。

緊張躍入四人的眼裡，她們的腦海不約而同浮現出一個猜測。

那個……應該不會是墓碑吧？

越想越覺得心中發毛，但誰都不敢再上前仔細觀察，而觀星的心情也早已退得一乾二淨。

四人慌慌張張地跑下山，騎著機車，趕緊回到繁星大學。

隔了一天，她們就不再將這事記在心上。

但是沒人想到，那天晚上，「那些事」就開始陸續發生了……

「而妳卻沒有事先把這些告訴我們？我的天，駱依瑾，妳爲什麼不在一開始就把這些事先告訴我們？」

一聽完駱依瑾囁嚅的自白，柯維安懊惱得像是想把自己的頭髮都揪扯下來。要是能更早知道這些消息，他們的調查一定早就有所進展！

「我不知道，我以爲……我以爲……」駱依瑾臉色蒼白，語帶哭腔，「我以爲這不重要……柯維安！你一定得救我，你不能就這樣丟下我不管！」

面對忽然又撲上來，緊緊抓住自己衣服的女孩，柯維安卻是覺得自己快喘不過氣了。他掙扎著揮動手臂，向小白發出求救訊號。

「幫妳可以。」小白說話了，他冷淡的音調立即吸引駱依瑾的注意。

駱依瑾不自覺地放開手，微紅的眼怔怔看著出聲的男孩，那個她總是容易忽略的同學。

「但妳必須設法約出趙佩芬。」小白又說。

「約佩芬學姊？不可能……她一定不會理我，她一定不願意出來的！」駱依瑾拚命搖頭。

小白猛地大步向前，手臂一伸，手掌重重拍在駱依瑾身後的柱子上。

「今晚，約她出來。」小白瞇起眼，鏡片後的眼眸迸射出銳利光芒，那眼神似乎震懾住了

駱依瑾。

駱依瑾甚至覺得，面前的男孩像是變了一個人。

「如果連這事也做不到，那就不要奢望我們幫妳。」

「但是，我……」駱依瑾慌亂地移開視線，聲音越變越小。她試圖向其他兩人求助，她一點也不想做這些事，他們不是應該會全部幫她處理得好好的嗎？

然而曲九江只是掛著漫不經心的嘲弄微笑，從頭到尾都將她當作可有可無的存在。

就連柯維安娃娃臉上的招牌笑容也不復蹤影，一雙眼嚴肅地盯著她，彷彿帶有無聲的譴責。

駱依瑾覺得不公平，造成這些事的明明不是她，明明是趙佩芬……

可是，最後她只能虛弱地說出那個字。

她說「好」。

第六章

柯維安的計畫是這樣的——由駱依瑾約出趙佩芬，將她帶至人文學院；他們幾人則在暗處埋伏，等看看之前逃逸的泥球會不會再次出現。

今天是星期五，大部分學生都離校返家或各有活動，即使是人文學院的便利商店也是一片冷清，看不見店員以外的人。

可以說星期五、星期六是繁星大學人最少，也最安靜的時候了。

不到九點，柯維安就已經在人文學院的二樓部署完畢。也不知道他是從什麼管道弄來了微型遠端監視器，所有畫面都像小格子似地在電腦螢幕上顯現，不會錯放過任何一個角落。爲了避免遺漏任何風吹草動，他連竊聽器也準備好，確保收音效果。

這番陣仗讓同是埋伏組的小白不免有些咋舌，看向柯維安的眼神也多了幾分警戒。

「不不不，小白你誤會了，這是非常時刻才用的非常手段，我平常絕不會用這些來侵犯他人隱私的。」柯維安連忙辯駁，「而且你看，曲九江他連點反應也沒有，所以你眞的不用緊張，畢竟人家跟你都是同居關係了嘛。」

「曲九江那叫神經壞死吧？還有我跟你只是室友。」小白睨了柯維安一眼，將對方湊過來的臉一掌拍開。

他就是搞不懂，爲什麼柯維安總愛纏著自己？

被狠狠拍上一掌的柯維安摀著臉，可憐兮兮地哀哀叫。不過在小白又瞪來一眼後，馬上識相地閉上嘴。

晚間九點十分，柯維安、小白、曲九江三人再次躲藏在樓梯間，靜候事態的發展。

這次成員裡少了秋冬語。

按照柯維安的說法，她是機動人員，因此重要時刻才會輪到她出現。

但是，雖然眼下是三人小組，實際上大概也只能算作兩人份的戰力。因爲曲九江依然是那副「有事別煩我」的無動於衷態度，彷彿一點也不在乎他們待會要負責的是兩名女孩的安全，駱依瑾和趙佩芬。

出人意料地，駱依瑾約趙佩芬出來的過程相當順利，沒有遇到什麼阻礙，現在她們正在前往繁星大學的途中。

「是說……這眞是讓人吃驚。」坐在樓梯上，柯維安盯著被分成數十個方格的筆電螢幕，突然若有所思地開口道：「從佩芬學姊急著下山擺脫駱依瑾的情況來看，我以爲她應該很難約出來才是。」

「誰知道。」小白就像不感興趣地丟出了這一句，「人來不好嗎？」

「當然不是不好，我只是覺得對方答應得太乾脆……啊，她們到了！」柯維安注意到左下角的畫面出現人影，迅速指給小白看，「是駱依瑾和佩芬學姊。」

小白瞇細眼，他也看到了。

畫面上，駱依瑾和一名留著及肩長髮的女孩略顯緊張地往通向一樓的樓梯靠近，她們很快就出現在另一格的畫面上。

她們走上了樓梯，正朝二樓移動。

柯維安等人隨即聽見小心翼翼的腳步聲，然後是兩名差不多高的女生進入他們的視野。

黑暗加上位置，駱依瑾和趙佩芬都沒發覺上方的樓梯間有人。

駱依瑾只聽得見自己急促的呼吸聲與心跳聲，她緊緊抓住趙佩芬的手，但不論是她或學姊，兩人的手都在發冷。

「依瑾，妳說妳有很重要的事要說……到底是什麼事？」趙佩芬小小聲地開口，聲音掩不住害怕的情緒，「而且還非要到文院的二樓，我……我都跟妳來這了，妳總要告訴我一些事。妳說我不來也會變得和妳一樣……這、這是真的嗎？妳的腳……」

趙佩芬的尾音出現一絲顫抖。

躲在樓梯間的柯維安卻是頓時恍然大悟，猜出駱依瑾用什麼方法約出對方。恐怕她是直接讓對方看了自己身上的異變，擔心會成爲下一位受害者的趙佩芬，才不得不隨同她一塊前來。

駱依瑾只是更加捉緊趙佩芬的手，沒有馬上回答。她感到不公平，有錯的是趙佩芬，爲什麼連累到的卻是她？夜遊的起頭，都是因爲趙佩芬……如果她一開始不先提到什麼螢火蟲，之後的那些事不就不會發生了？

抱持著強烈的不滿，駱依瑾還是依照柯維安之前的吩咐，和趙佩芬進入二〇二教室內。

「學姊……」站在昏暗的教室裡，駱依瑾啞聲擠出聲音，「爲什麼學姊可以沒事？爲什麼受害的是我們？爲什麼受害的會是我！帶我們大家去夜遊的人……是妳啊！」

這次換趙佩芬沒有回答，她在黑暗中安靜得不可思議，只能聽見淺淺的呼吸聲。

「學……學姊？」駱依瑾以爲對方會朝她大叫或是怒吼，可眼下的反應卻不在她的預想內，她不由自主地放開對方的手。

然而對方的手指卻緊緊抓著她不放，力道甚至比她之前的還要大。

「學姊？」駱依瑾開始覺得不對勁。黑暗中她看不見趙佩芬的表情，這加深了她的不安。她試著大力揮開那隻手，可是對方就是不肯放開。

「學姊！」駱依瑾的聲音變得尖銳慌張，她不知道怎麼會變成這樣，極力地伸長另一隻手，試圖打開教室內的電燈。她的指尖摸到了開關，卻遲遲沒有按下。

駱依瑾動作僵住了，她看到左側有雙發光的眼睛。那雙眼睛正虎視眈眈地盯住她，發出了含糊的說話聲。

「找到了……不敬者……就是妳沒錯……」

「不、不對！我才不是什麼……」駱依瑾害怕地嘶聲說，被那雙眼睛盯住，她怕得不敢動彈，「佩芬學姊，妳快告訴它，對它不敬的是妳！是——！」

駱依瑾最後的聲音哽在喉頭深處，她瞠大眼，身體無法抑制地發抖。從她的眼角餘光，可以瞥見左方有雙眼發光的不明黑影；而在她正前方的，是看不清表情的趙佩芬。

駱依瑾的確看不見她的表情，但是……卻能看見對方眼睛染著駭人的紅光！

「妳眞的這麼想嗎？」趙佩芬的聲音失去情感，像是另一人在說話，「妳眞的這麼想嗎？依瑾！」

當那聲宛如野獸的咆哮驟然爆發，駱依瑾也尖叫出聲，手指瞬間按下了電源開關。

教室內燈光大亮，一切景物無所遁形。

全身裹著爛泥、像顆泥球的不明物體，以及雙眼染著猩紅，外露的皮膚全都爬滿漆黑血管、面容變得醜陋嚇人的趙佩芬。

——而這，就是柯維安他們三人衝過來時，所看到的景象。

□

當柯維安在筆電螢幕上發現泥球的身影時，他立刻闔上筆電，和小白、曲九江奔向二〇二教室。

然後他們怎樣也沒想到，燈光亮起的教室內，還有另一抹異形般的存在在等著他們。

那是趙佩芬，卻又不是趙佩芬。

那個二年級學姊還保持著人類的姿態，可是雙眼卻一片猩紅，像鮮血染過，雙腳、手臂、脖子、臉都攀爬著突出的黑色血管。

乍看之下，幾乎令人錯看成植物的枝蔓蜿蜒纏繞。

小白的瞳孔收縮，「那是……」

「是瘴的妖氣！不可能，我根本沒看見欲線……」柯維安接近呻吟的大叫聲驀然止住，他不敢相信地瞪大眼，像是至今才驚悟到自己疏漏了什麼。

他沒有發覺小白看向他的目光帶著震驚，而曲九江的眼神則閃過瞬間的若有所思，像在評估，又像在審視。

「難道說，打從一開始……」柯維安的呼吸急促，「就是陷阱!?」

「猜對——」趙佩芬單手將駱依瑾舉高，朝柯維安他們咧嘴一笑，「一半了！」

駱依瑾在瞬間被非人類的怪力摔了出去，重重砸向柯維安他們的方向。

那可憐的女孩早就嚇暈過去，才會連一絲悲鳴也沒有發出。

趁著柯維安他們必須分心接住駱依瑾的當下，趙佩芬身上的黑色血管蔓延得更多更快，宛如有什麼在底下蠕動，然後她的衣物和皮膚眞的迸裂開，漆黑物體迅速從中冒出。

只不過一眨眼，女孩的姿態已徹底不復存在。

站在那裡的，是隻渾身漆黑的怪物。

她有著狼的頭顱，似人的軀體，背後還拖著一條蛇般的尾巴。

不祥、恐怖，簡直像拼湊而成的紅眼怪物！

「好了，該到我這裡來了！」擁有趙佩芬聲音的怪物，無預警捲動長長的蛇尾，頓時捲住一邊的泥球，迅速就把它塞進背部裂開的血盆大口。

這一幕發生得太突然，以至於誰也反應不過來眼前是怎麼回事。

怪物，或者說是趙佩芬，她轉過了頭，蛇尾在身後不停拍打著。

「我不想吃女孩子，我喜歡的是健康的男孩子，帶著特殊氣息就更棒了。」她伸出舌頭一舔，唾液從她布滿利齒的可怕大嘴滴出。

「不過我的宿主卻不停在大叫，那不是她的錯，爲什麼就只有她要活該倒楣？如果她不幸的話，其他人也要跟她一樣才公平。那些在那晚明明有參加夜遊的室友們，她們必須變得和她一樣，一切都是夜遊造成的錯。噢，那聲音吵死了，那欲望卻又如此強烈。所以我滿足了我宿主的希望，偶爾還會放她的意識出來行動，看她對什麼事都不了解，那很有趣啊。而她，則是得滿足我的渴望。」

趙佩芬踏出一步，直逼天花板的高壯身軀給人帶來壓迫感。

「我在這學校聞到了不一樣的氣味，我想吃掉那些氣味的主人。但是，不能太冒進對吧？要一步步的……你們以爲我的宿主爲什麼願意再來這？」趙佩芬咧開嘴，雙眼放出紅光，「可愛的學弟，快乖乖讓學姊吃掉吧！」

咆哮聲未落，趙佩芬就已彈地撲躍向柯維安他們這邊。漆黑的手指前端冒出尖銳如刀的爪，身後的蛇尾同時猛力一揮甩，無數張桌椅被捲起，然後就像炮彈般砸向窗戶、門口。

「我的天啊！」柯維安慘叫，一手緊抱筆電，一手拖著昏迷不醒的駱依瑾，驚慌地想要躲避過這波攻擊。卻沒想到下一秒，有隻手像抓小雞般拎起他，猝不及防地就是將他朝著走廊盡頭拋摔出去。

柯維安還不明白發生什麼事，整個人就滑行到地板上，然後撞上牆壁，背後的背包緩衝了部分的疼痛。

柯維安依舊還沒弄清眼前的狀況，不過也沒時間讓他弄清楚了。因爲他一抬頭，就見到又有一抹人影朝他飛墜過來。

居然是駱依瑾！

柯維安倒抽一口氣，趕忙筆電一放，雙手忙不迭地奮力朝前伸出，同時眼角餘光還捕捉到扔人過來的就是曲九江。

那名展現異常怪力的青年，眼瞳彷彿野獸般閃動著非人的銀光。

就在曲九江閃過桌椅攻擊，將柯維安和駱依瑾都丟到走廊盡頭之際，小白則是面臨了趙佩芬的直擊。

那隻巨大的怪物眼看就要把他壓制在身下，張口狠狠咬破他的喉嚨。但是這名戴著眼鏡的男孩非但沒有驚慌失措，相反地，反應竟是出乎趙佩芬意料地快。

他動作迅速地下壓身體，讓自己的背貼著地板滑行，成功躲至怪物下方，避開那對利爪。緊接著他雙腿使勁往上一踹，重擊趙佩芬腹部，使得那具身軀往後飛出，撞上堅硬的圍牆。

一連串動作都在剎那間完成，快得連趙佩芬重重撞上圍牆了，都還不知道是怎麼一回事。曲九江或許是唯一一個看清的人。

「我更正我的話，你比我想像的還有趣，小白。」曲九江素來高傲的語氣有絲興奮，他長臂一伸，將還沒站起的小白抓住，隨即踩上圍牆，急速地從二樓竄躍下去。

那絕對不是一般人類做得到的事。

等到趙佩芬重新爬站起，二樓走廊已不見任何一人。

她扶著撞得發疼的狼形頭顱，一點也不覺得惱怒，又咧開猙獰的笑，輕鬆跳上圍牆頂端。從上往下看，可以看見下方有兩抹人影在奔跑。

「不管你是什麼，學弟，都必須成爲我，成爲我等的養分。願望、希望、渴望，這些通通是欲望！而我等，就是吞噬一切欲望的——獐！」

擁有狼頭、人身、蛇尾的漆黑怪物大笑，隨即縱身躍下。

□

小白最初是被曲九江抓著的，他被人抓著跳下二樓，一站起又被人抓著跑。但是他跑了幾步就猛然停下，便利商店自動門開啓的聲音拉回了太過震驚的心緒。

他的停步也使得曲九江被迫跟著停下。

穿著制服的店員從店內走出，也許是要打掃，也許是要做其他事，偏偏他的眼前就剛好是曲九江和小白兩個人。

在燈光的照耀下，可以清楚看見曲九江的頭髮夾雜了幾縷赤紅。而再往前幾步觀察，或許就能發現他的瞳孔竟成了銀色。

不過曲九江不會給那名搞錯時機出來的店員機會，他朝對方一抬手，說也奇怪，那名店員竟雙腳一軟，整個人昏倒在地。

「曲九江，你是什麼東西？」小白趁機猛力抽回自己的手，和曲九江拉開距離，目光凌厲地瞪著他。

從至今發生的事來看，小白可不會再認爲自己的室友是人類。因爲人類不可能從二樓跳下還毫髮無傷，也不可能眼睛變成銀色，頭髮則突然有部分染成鮮艷的紅。

「我是什麼？我以爲比起我，你應該會更在意剛剛那又是什麼東西？」曲九江懶洋洋地說。他注意到小白的態度有著警戒、防備，但沒有害怕。

這有點有趣，曲九江的唇角勾起了笑。

一般人會害怕才對，就像前天的駱依瑾一樣，尖叫，然後逃走。

這才是正常的反應。

「我現在問的是你！」小白厲聲說道：「你到底是什麼東西？」

「小白，你問，我就一定要告訴你嗎？」曲九江傲慢地說了，唇角還是掛著笑，然而非人的銀眸似乎折閃出冷酷的光芒。

「要不然，告訴學姊怎樣？」悅耳的女性嗓音驀地從高處落下，「學姊很想知道呢。」

曲九江和小白反射性抬頭。

就在鄰近他們的一棵大樹上，聲音的主人不知何時蹲踞在那。和悅耳的聲音相反，她的外貌詭異得駭人，猙獰的狼頭、高壯的人身，一條粗大的長長蛇尾從樹上垂了下來。

此刻，趙佩芬那雙鮮紅的眼，正眨也不眨地盯住下方的兩個獵物。

「曲九江學弟，你身上有妖氣。你平常藏得可眞好，學姊倒沒想過，原來你也是我妖怪的同胞。」

「同胞？」曲九江慢條斯理地重複這兩個字，整頭鬈髮都已成了狂艷的赤紅，「別逗我笑了，垃圾。區區以人心欲望爲食的瘴，居然也敢用這兩字稱呼我？」

「是嗎？是不是區區的瘴，學姊現在就可以讓你了解！」毫無預警，趙佩芬的蛇尾一動，竟是扯下粗壯的樹枝，接二連三地朝下方砸去。

抓住曲九江和小白必須閃躲的空隙，她興奮地對天咆哮，強壯的後腿猛然施勁，漆黑的身軀撲掠了下來，首先鎖定的目標就是曲九江！

對趙佩芬來說，小白的威脅性太低，就算他之前將她踢飛出去，但想必只是湊巧。她可不會傻得對付小白，然後讓曲九江有機會攻擊自己。

「不管你是哪一族，我都會吃了你，咬斷你的頸動脈，啃噬你的血肉，將你吃得一點也不剩！」趙佩芬的身形巨大，可攻擊卻異常靈活快速。利爪配上防不勝防的蛇尾，頓時將曲九江逼得只能往後連退。

曲九江乍看下被限制了反擊，不過臉上還是那副傲慢又懶散的表情。

這使得攻擊屢次落空的趙佩芬越發惱火，紅眼裡的殺氣也更加熾熱，就在她要再揮出一爪之際，有東西忽然朝她大力砸來。

趙佩芬停下動作，扭過了那顆嚇人的狼頭。砸來的是張椅子，放在便利商店外供人休息聊天的椅子。

「不要只顧著前面，妳這醜到爆的傢伙！」小白挑釁地喊，抓起第二張又是用力扔出去。只是這次趙佩芬的背後瞬間又裂開血盆大口，立刻將那張椅子卡滋卡滋地幾口吞下。

「那麼想找死嗎？那麼，我就成全你！」趙佩芬的蛇尾迅雷不及掩耳地揮甩，卻不是沿著小白的方向，而是反席捲向後，一瞬間纏住了曲九江，再將他砸向小白。

小白可沒預料到這招，頓時被曲九江撞得一同往後彈，兩人雙雙跌在一塊。

承受那份撞擊力道的小白乾嘔一聲，覺得五臟六腑都像要移位了。但他才剛撐起頭，就瞥見上方有什麼一閃而逝。

小白猛地一抬臉，嘴中接著爆出一串無聲的髒話。

那隻幾分鐘前還是系上二年級學姊的紅眼怪物，居然已高竄到他們正上方，朝他們撲擊而下。

由不得小白細想，也沒時間去顧及曲九江到底是有意識還是昏過去了，他使勁力氣，霍然一腳將曲九江踢到旁邊，自己同時一翻身，可說是險之又險地避過被趙佩芬壓制身下的危機。

趙佩芬龐然的身軀重重落在地上，衝擊力道使得石板迸裂出數條裂縫。她左右看了下，舌頭舔過可怕的大嘴，紅眼越發猩紅。她改變主意，既然曲九江沒有想像中強大，那麼她可以先對付另一名像小蟲跳來竄去、令人煩心的學弟。

「學姊會溫柔對你的，溫柔得讓你死前都能感受到痛苦。」悅耳的女聲襯著駭人的外貌，只是令人打從心底更加毛骨悚然。

趙佩芬的蛇尾拍擊地面，一下、兩下，第三下時，又一個猛力躍起，以高速鎖定小白。

小白還來不及爬起逃跑，那隻泛著凶光的利爪已然逼至他前方。他幾乎是憑著本能行動，想也不想地抓過離自己最近的小桌，用盡力氣揮擋在前。

尖銳的爪子只差不到一公分，就要擊破玻璃、穿過桌面，殘忍地劃開小白的喉嚨。

可是，趙佩芬卻沒有再前進一步。不是因爲她忽然又改變心意，而是她沒辦法。

有什麼阻止了她的行動。

趙佩芬震驚又憤怒地轉過頭，發現自己的蛇尾被人一把拽住。

那人紅髮銀眸，雙手上似乎有紅光在隱隱閃動。

等到趙佩芬腦中浮現「火焰」兩字的時候，一股劇烈的疼痛同時爆發。

曲九江手上燃起熾烈的鮮紅火焰，那火焰馬上爬上趙佩芬的半條蛇尾。

紅眼怪物嘶號起來，奮力揮動著火的蛇尾，甩開曲九江的束縛。她發狂似地竄跳打滾，想弄熄那火焰。最後雖然熄了，但半截已經焦黑，還散發出肉類遭到烤熟的氣味。

趙佩芬的紅眼惡狠狠盯住曲九江，裡頭翻滾著滔天殺意。

曲九江的右手變成不是人類該有的獸爪姿態，上頭還捲纏著縷縷火焰，讓人再次深切感受到他不是人類的事實。

曲九江不是人類，是妖怪。

「殺了你、殺了你、吃了你！」趙佩芬暴吼一聲，雙腳蹬地衝出，巨大的身軀像是高速的黑色炮彈，一晃眼就拉近彼此的距離，「把你吃得一點也不剩！學弟！」

宛如要撕裂夜晚的吼聲，撼動著靜悄悄的人文學院中庭。

小白終於注意到了，他們這番騷動竟沒有引來任何一人靠近？巡邏人員呢？便利商店的其他員工呢？

這個念頭閃過一瞬，小白就被前方的一幕奪去所有注意力。

面對直逼自己而來的趙佩芬，曲九江手上的火焰瞬間燃燒得更加狂肆，立時就纏上了整條手臂，他眼眸中沒有溫度，只有殘忍的笑意。

那傢伙……他會毫不留情地殺了敵人，並且將之視作一場遊戲！小白反射性地繃緊身體，一個箭步想要衝出，但他預想的事沒有發生。

應該說，有什麼及時阻止了它的發生。

沒有任何預警，包含便利商店在內的中庭區域，倏然有東西快速地圈圍起來。

那是一個又一個的金色字符，彼此像鎖鍊般纏銬在一起。

還來不及看清楚是怎樣的文字——小白覺得它們像極了《說文解字》上的小篆——它們又隨即隱沒。

與此同時，四周景色好像在剎那間產生了疊影，但眨眼便消失，快得讓人不禁認爲是否出現幻覺。

小白一點也不認爲自己看到了幻覺，他臉上有著藏不住的強烈錯愕。

系上的學姊變成了妖怪，自己的室友原來也不是人類，再加上那些消失的金色符文和四周的疊影……今天見鬼的到底是怎麼一回事？

很顯然，有相同想法的不止小白，連身爲妖怪的曲九江和趙佩芬也這麼覺得。他們停下了一觸即發的攻擊，吃驚警戒地環視四周。

在這種時候，橫插一手的第三方勢力，更應該要提防。

彷彿呼應在場眾人的想法，一道年輕的聲音突地自高空落下。

「在和平的大學中，不允許有瘴出現！快離開你的宿主，否則就別怪我們不客氣了！」

所有人下意識循聲抬頭。

在便利商店亮著燈的高聳直立招牌上，赫然站著兩抹人影。

說話的那人戴著帽子，臉上覆著黑色眼罩，還圍了一襲斗篷，臂彎下抱著看起來很像筆電的物體；至於另一人也是披著斗篷，臉上則是戴著狐狸面具，完全看不見臉孔。

「我們是路見不平，拔刀相助的勇啊啊啊啊啊！」

不管那人是想說「勇者」或「勇啊啊啊啊啊」，總之他因爲想擺出一個帥氣的姿勢，腳一滑，人也就這麼摔滑下來了，快得連他的同伴都來不及伸手抓住他。

「砰」地一聲，那人以古怪的姿勢趴在地面上，唯有一雙手撐得高高的，將毫髮無傷的筆電捧在半空中。

數分鐘前，這裡戰況激烈，現在卻呈現一片詭異的死寂。

三雙眼睛瞪著那個耍帥不成、反跌了個狼狽不堪的人影。

半晌後，小白冷冷地開口：「柯維安，你流鼻血了。」

第七章

趴在地上的人影幾乎下個瞬間就蹦跳起來，他抱著筆電，張張嘴，滿臉不敢置信。然後他問了：

「小、小白，你知道⁉爲爲爲爲什麼你會知道是我啊！我的變裝不是很完美嗎？」

「你是白痴嗎？」小白捏緊拳頭，用著「你絕對是個白痴」的眼神瞪向對方，「只戴了個眼罩，最好就會有人認不出你。」

「咦？啊！」人影——柯維安就像是現在才發現這個盲點，恍然大悟地大叫一聲，接著抹去鼻血，抓下帽子，拿下眼罩，解開斗篷，露出他招牌的鳥巢鬈髮和那張娃娃臉。

「室友B，你這是在搞什麼鬼？」曲九江瞇細了眼，他的眼珠和頭髮都回復平時的顏色。假使不是手臂上還有火焰纏繞，乍看之下就和普通人一樣。

「說是在搞什麼鬼，就冤枉我了，我這是在充當路見不平的勇者唷。」柯維安笑嘻嘻的，對自己室友身上的異狀似乎不覺得訝異。

他當然不覺得訝異，他早就知道曲九江不是人類。

「不過眞話則是，狩獵瘴的時間到了——搭檔，動手！」

柯維安一聲令下，佇立在招牌上的人影迅速竄下，手中抓著一柄未撐開的洋傘，直接就朝趙佩芬的位置重重揮打出去。

從對方纖細的手臂和腳踝來看，可以判斷出那人影是女性。

趙佩芬頓時回神，搶先往後大步跳躍，使對方揮擊落空，並且大大拉開雙方的距離。

「狩獵痺？學弟，憑你這弱小的人類，也敢想要狩獵我？」趙佩芬猙獰地咧開嘴，漆黑的身軀似乎又迸出一條條裂縫，「我不管你們是在玩什麼把戲，你就和你那見不得人的搭檔死後去後悔吧！」

趙佩芬的皮膚再次撕裂開來，更龐大、更駭人的怪物從那具皮囊內擠出。

狼頭、人身、毫無損傷的蛇尾，比先前體型可說漲大一倍的紅眼怪物凶暴地張嘴咆哮。瞬間，兩隻強勁的後腿一彎，身體就像彈簧拔起，銳利如鋼刀的利爪揮向柯維安，卻被一把橫來的洋傘擋住。

看似脆弱柔軟的洋傘迅速張開，硬生生承接住那凶猛一擊，純白的布料完全沒有破損。

這一幕讓趙佩芬呆住，一把傘怎麼可能擋得了她的攻擊？

唯一一個可能——

「你們是什麼人？你們不是普通的人類！」趙佩芬嘶吼。

「我剛不是說了嗎，學姊？」柯維安從洋傘後冒出頭，還是那張開朗又狡黠的笑臉，不管怎麼看，就像是無害的鄰家少年。

可是從小白的角度，卻可以看見柯維安一手抱著筆電，一手快速在鍵盤上敲打，螢幕散發出奇異的淡金色光芒。

那又是什麼？小白愕然。

彷彿察覺到小白的視線，柯維安倏地朝他眨下眼，像是要他安心，只要在旁觀看就好了。

「我們是來狩獵瘴的。既然世上有你們這種專吞噬人心的妖怪，那麼當然也就該有——」柯維安雙眼就像小孩見到寶物般，發出興奮的光芒，「專門消滅這些妖怪的人！搭檔，撤走傘！」

滾著花邊的洋傘瞬即退走。

少了遮擋，趙佩芬清楚看見柯維安居然一手探進筆電螢幕內，彷彿那是柔軟無比的水面。但最讓趙佩芬震驚不已的是，她看見那笑得像孩子般興奮、眼中閃著狂熱的娃娃臉男孩額頭上，竟浮出第三隻眼睛。

不對，那不是真的眼睛，那是由金色花紋勾勒出的圖案。

那是……神的氣息……那是……神紋！

「你是神使？你是可恨的神明使者！」趙佩芬的震驚轉成狠毒和憎惡，停下的攻擊毫不猶豫地再往前進逼，巴不得一爪掏挖出對方心臟。

神使，是神明在人間挑選出的使者，被賦予部分神力，專門消滅妖怪的可恨存在！

面對這直取心窩的攻擊，柯維安閃得飛快。他抱著筆電在地上滾了一圈，隨即右手從螢幕內拉出一支染著金墨的巨大毛筆。

「小白，這拜託你幫我顧了！」將筆電扔給小白，柯維安立刻抱著那支差不多和人等高的毛筆躍起，瞬間在空中揮劃出幾筆詭異難辨的文字。

緊接著，金色大字飛出，竟是衝撞至曲九江腳下，烙印在地面上。

曲九江被此舉弄得一愣，立即發現自己竟然像被釘住身子，無法隨心所欲行動。

「抱歉啦，曲九江，不過我可不能讓你來攪局。」柯維安的語氣聽起來一點也不像感到抱歉，裝作沒看見對方森寒的眼神，馬上再轉身，及時擋下趙佩芬揮來的利爪。

爪子狠狠抓上筆桿。

雖然毛筆本身無損，然而那猛烈的力道卻震得柯維安往後滑退，臉色發白，顯示這擊他接得一點也不輕鬆。

「柯維安，旁邊！」小白忽然緊張大吼。

柯維安還來不及轉頭，一條蛇尾已凌厲掃來。

千鈞一髮之際，一隻纖白手臂快若雷電地探出，攬過柯維安的腰，以驚人力氣將他一把拽過。

戴著狐狸面具的人影抱著柯維安，退到小白藏身之處。

一鬆手，柯維安頓時氣喘吁吁地跌坐在地。

「你這樣就沒體力了？」小白簡直沒法相信，「你……你根本還沒跟那傢伙正式打吧！」

「嘿嘿嘿……」柯維安笑得毫不心虛，「我跟你說過的嘛，小白，人家體力超爛的。」

要不是時機和場合都不對，小白眞想抓著筆電，往自己大言不慚的室友頭頂上直接狠狠敲下去。

「這麼弱小的神使，是想怎麼狩獵我等？」趙佩芬咧嘴而笑，擺晃著蛇尾，一步步朝他們這方向走來，她的每一步似乎都帶動地面隱隱震動。

「這個嘛，可是我也沒說是『由我來負責狩獵』啊。」柯維安笑得一派無辜，下一秒冷不防將毛筆使勁往前拋扔出去，「搭檔，上！」

在還沒有人弄清楚狀況之際，從頭到尾都沒有開口說出一句話，只是依柯維安指示行動的狐狸面具人影，剎那間如旋風般掠身出去。她速度奇快無比，立時就追過了凌空射出的毛筆，接著人影竟是將張開的洋傘對著毛筆筆尖。

當兩者碰觸的瞬間，金墨在傘面上揮灑出數條花紋。

「故弄什麼玄虛！」趙佩芬紅眼放光，蛇尾率先揮出攻擊，瞬間纏上人影雙腳，將對方粗暴地高高提吊起，背上又再度裂開那張駭人的血盆大口。

被剝奪自由的人影沒有流露任何慌張，狐狸面具同時也藏住她的表情、維持頭下腳上的姿勢，猝然朝蛇尾揮出她的傘。

夜空中，一陣冷光撕裂而過，紅眼怪物爆出尖叫，失去對人影的掌控，蛇尾則被洋傘切斬開來，末端隨著人影一同掉往地面。

接著人影又以不可思議的靈活身手，在落地前踢開蛇尾的纏縛，像貓一般翻了個身，輕巧無聲地踩在地面上。

小白睜大了眼，本來握緊的左手拳頭不自覺鬆開。

狐狸面具人影的停頓只有一瞬，不到眨眼工夫，她又疾奔出去，繪染著金墨的洋傘像是長槍，要突刺進趙佩芬的體內。

可是，不知什麼讓她改變了主意，攻勢倏然一轉，傘尖不是刺進趙佩芬的體內，而是迅烈地直直扎進那只剩半截的蛇尾，將之釘在地上。

隨後人影快速再飛退，宛如要閃避什麼的到來。

「搭檔？」柯維安吃驚地坐直身體，從他的反應來看，似乎也不明白發生什麼事。

照原本的計畫，這一擊應該就能重創瘴才對。

當人影甫落地，有什麼東西瞬間射向趙佩芬。

一、二、三、四、五，五道白光像是流星飛墜，落在趙佩芬身邊，圍成一個圓。

柯維安瞪大眼，抓著小白撐起身子，映入眼中的居然是發著白光的黃色符紙，上頭用黑墨勾勒出奇異的字紋。

「那是什……」柯維安的話尚未問出口，另一道冷傲優雅的女性嗓音就已快一步落下。

「汝等是我兵武，汝等聽從我令，電隨意走！」

瞬間，五張符紙上的白光更熾，如鍊狀交互纏繞，緊接著激撞出熾烈的光芒，爬上了趙佩芬全身。她綳直龐然的身軀，發出更慘烈的哀號，想要逃走，然而釘住蛇尾的洋傘就像最沉重的存在，令她動彈不得，只能痛苦萬分地接受那像是電網般覆住她全身的攻擊。

直到白光消失，趙佩芬的身體也大半焦黑，毛髮燒焦的焦臭味已傳了開來。

抽搐了幾下，她虛弱地倒在地上，紅眼裡的光芒似乎也黯淡不少。

「怎麼回事？難不成你還有二號搭檔？」小白的語氣與其說是詢問，更像是咒罵。

「我連什麼時候有那一號搭檔都不知道……」柯維安抱著筆電喃喃地說，和小白一同抬頭望向人文學院的一樓。

圍牆上，不知何時出現了一抹身影。

那人俐落地躍入中庭，明顯不打算隱藏自己的蹤跡。隨著對方走出陰影，也讓人能夠看清她的面貌。

柯維安和小白當場愣住，曲九江眼中也掠過一瞬吃驚，手臂上的焰火消逝無蹤。

走至燈光下的，是個相貌艷麗卻表情冰冷的女孩。一頭波浪長鬈褐髮，形狀漂亮的眼眸下方有顆淚痣，渾身散發著與生俱來的高傲凜然，手上則抓著數張黃色符紙。由此可見，她正是方才的攻擊者。

對方冷峻的目光最先投向曲九江，眸裡彷彿有什麼一閃而逝。接著她看向柯維安和小白，前者額頭上的金紋讓她的表情驚愕地鬆動了。

「神使……你是神使？」

「只有相關人士才會知道『神使』這個稱呼。呃，我不知道我該為妳是相關人士，或是妳怎會出現在這的事感到驚訝了。」柯維安乾巴巴地說，眼睛在對方的臉還有手中符紙間來回觀望，「班代。」

當最末那兩字一出口，就已確定了對方的身分。

唯有一個人會讓柯維安這麼稱呼。

他們中文一的班代——楊百罌。

□

「為什麼妳會出現在這裡，班代？」

柯維安擋在小白身前，小心翼翼地瞅著楊百罌問道。他今晚已經讓他無辜的室友面臨了太多衝擊，在確認楊百罌的意圖前，他得好好保護對方的安全。

楊百罌顯然完全不將小白放在眼裡，連多看一眼也沒有。她的目光越過他們，筆直落在奄奄一息的紅眼怪物上。

「你以為那麼濃的妖氣沒有人發現嗎？」楊百罌冷冰冰地說，「我不管你是不是神使，柯維安，繁星市是由我楊家守護。膽敢在這片土地上放肆的妖怪，也該由我楊家解決，誰都不能插手，神使也不例外。」

「楊家……你們到底是……班代！」柯維安臉色乍然大變，因為楊百罌已迅速地往空中拋射出符紙。

「汝等是我兵武，汝等聽從我令，疾雷！」

短促的咒語，那些符紙就像被灌入生命，飛快來到趙佩芬的頭上方，銀白的電光在符紙之間閃動，下一秒驟然劈落。

「搭檔！」柯維安高聲大喝。

說時遲那時快，狐狸面具人影一甩傘柄，洋傘抽出地面，張開繪染金墨的傘面，立刻擋住來自上方的雷擊。

楊百罌一愣，可即刻又出手，無視面前的男孩是系上同學，她迅速張開手掌，對準對方的下頷就要一擊拍上。

有人的反應比她更快。

小白眼明手快地扯過還傻著不動的柯維安，讓那一拍落空。

楊百罌根本不在意是誰拉走了柯維安，她一個箭步朝趙佩芬衝上，手指間不知何時又夾著多張符紙。

「汝等是我兵武，汝等聽從我令，飛鳶！」符紙頓如離弦之箭，朝狐狸面具人影而去，楊百罌手中再度出現符紙，「飛鳶！」

黃色符紙轉瞬自動摺成鳥形，尖銳的嘴喙自四面八方攻擊狐狸面具人影。

「小白，你待在這，絕對不要亂動，這可以保護你！」柯維安往毛筆倒落的方向一張手，毛筆立即飛回。他用力將毛筆塞進小白懷中，強迫對方坐下，接著抱著筆電，無比慌亂地追著楊百罌而去。

柯維安現在後悔死了，早知道就別封住曲九江的行動，起碼可以讓對方趁機牽制住楊百罌……不不不，還是沒放出來比較好，從班代那副看起來容不得妖怪的態度來看，他的室友恐怕會被當成新目標。

他們的公會可是想要拉攏他的！可惡，早知道應該要把系上所有同學都調查清楚的啊！

「班代，住手！」柯維安扯開嗓子喊，「妳不能消滅那隻瘴，我們還有話要問她，還有事要弄清楚！」

「那是你們的事，與我無關——飛鳶！」楊百罌扭頭向柯維安射出三張符紙，隨即又從懷中掏出白色紙張，「汝等是我兵武，汝等聽從我令！」

白色符紙平空湧現墨線，轉眼勾勒出成串難辨的字紋。

「裂光之鞭！」

白色符紙刹那光芒大熾，改變形體，一條長鞭纏握在楊百罌掌心，隨著她的動作飛也似地直取地面上的趙佩芬。

「阻止她！」柯維安狼狽閃躲那三隻由符紙摺成的飛鳥，焦急的吶喊在夜空下顯得尖銳。

狐狸面具人影聽從命令，洋傘闔起，如長劍般勾挑上楊百罌的鞭子，硬是攔下她的攻勢。

褐髮女孩神色一變，美眸更顯凌厲。

然而僵持不下的雙方卻沒有料想到，趴在地上的趙佩芬居然還有逃跑的力氣！

就在誰也沒有設防的一瞬間，紅眼怪物用盡力氣彈跳而起，朝著無人防守之處逃竄，身體甚至在中途就崩解成像是一大塊軟布般的黑暗。

「糟了！」柯維安驚喊，跌撞地想要追上。

狐狸面具人影也想扔下楊百罌，但她們雙方還在對峙中，一時反倒脫不了身。

楊百罌的情況也和對方同樣，可她毫不猶豫地朝某個方向喊了一聲。

「珊琳！」

柯維安奔跑的動作下意識停住——秋冬語曾向他提過這個名字——他看見斜前方的大樹上竟快若鬼魅地竄下一抹人影。矮小、赤腳，一頭凌亂的綠色長髮隨著奔跑動作飄晃。

那人影的動作相當快，在柯維安愣住的當下，便已追著那塊黑暗消失在他的視野內。

「柯維安！」小白一掌拍上他的背，「還不快追？」

「啊、啊！」柯維安驟然回神，也無暇追問小白怎麼不待在安全的地方。

「還有曲九江。」小白提醒。

「啊、啊……」柯維安這次的回應缺乏幹勁，但的確也不能將人困著不管。接過毛筆，他迅速一揮，曲九江腳下的金字頓時消失。

「室友B，我之後一定會跟你算這筆帳，你可以先擬好你的死法。」曲九江對柯維安露出了戾氣十足的陰冷笑容。

柯維安打了個寒顫。

「省下你們的廢話，還不快點？」小白不耐煩地催促道，而他的話無疑是最正確的。

見三人都已追出，楊百罌和狐狸面具人影當機立斷地各收回武器，拔腿直追。

柯維安覺得自己跑得上氣不接下氣，一口氣快要喘不過來。他本來就體力差，這點絕對不誇張，他想要是再跑個五分鐘，他可能就會倒下去了。

一旁的小白似乎察覺到，立刻抓住他的手臂，硬拖著他往前，不讓他真的倒在路邊。

他們追出人文學院，穿過大草原，然後在前方道路上發現了那叫作「珊琳」的孩子。

她就蹲在路燈底下，背對著他們，狼吞虎嚥地像是在吞吃著什麼。

而在不遠處，赫然趴躺著趙佩芬的身影——沒有狼頭、沒有蛇尾、沒有漆黑高壯的軀體，就只是再普通不過的女孩子。

見到這一幕，抓著小白當支撐的柯維安張大嘴，無法理解。

佩芬學姊恢復了？可是，沒人給她體內的瘴致命一擊……

「曲九江，你還感受得到學姊身上的妖氣嗎？」柯維安乾巴巴地問著身爲妖怪的室友。

「沒有。」曲九江瞇起眼，來來回回地打量了看不出異狀的趙佩芬，她看起來就像普通的昏迷女孩。

小白不像柯維安或曲九江被趙佩芬引去注意力，他瞬也不瞬地凝視吃得稀里呼嚕的綠髮孩子，終於將最想知道答案的問題問出口了。

「那小鬼……在吃什麼？」

這個問題使得柯維安和曲九江霍然轉過頭。

這個時間、這個地點，她……能吃的是什麼？

彷彿總算察覺到他人的視線，珊琳停止進食。她站起，慢慢轉過身，路燈照射顯露出她的樣貌——一頭凌亂且長的綠色髮絲，臉龐被頭髮遮住大半，從間隙露出的眼像濕潤泥土的深棕色。她打著赤腳，四肢細瘦，身上衣物古怪，但又令人想到了民族風。

那是個詭異的孩子，外貌就和秋冬語形容的一模一樣。

但是現在，比起楊百罌身邊怎會跟著這個孩子，三人更在意的是，那孩子雙手中抓捧著的黑色碎塊是什麼。

珊琳直勾勾望著眼前的人，接著將黑色碎塊塞進嘴巴，面無表情地吞得一乾二淨。

「不、不可能吧……」柯維安驚駭得結巴了，「那些東西……不可能是瘴吧！」最後一句話，他幾乎尖喊了出來，「她……她真的吃了？她怎麼有辦法吃⁉」

沒人能回答這個疑問。

小白呆住般瞪著珊琳，就像在看一齣荒謬至極的電影；連曲九江也難掩眼中的錯愕。

「那人類身上的黑色東西。」珊琳抹去唇邊的污漬，她的音量很小，又細又輕，同時也令人感受不到情緒，「我吃了，吸收完畢。」

「妳說妳吃……」柯維安連一句話都說不完整。這件事遠遠超出他的預期，帶來強烈的衝擊，「一般人怎麼……」

「珊琳可不是你所想像的一般人，柯維安。」楊百罌冷漠的嗓音自後響起，她和狐狸面具人影也找到這裡了。

無視柯維安等人，她逕自穿越過去，走近珊琳身邊。

綠髮孩子立即一跳起，攀附在她的背上。那瘦小的身軀就像沒有實質和重量，輕飄飄如同煙霧——因此楊百罌的背脊還是直挺挺的。

緊接著，珊琳忽然湊近她耳邊，用只有彼此能聽見的音量說了什麼。

楊百罌身體猛然一震，雖然她立即掩飾起來。

小白不確定是否是自己的錯覺，珊琳的眼神像是盯住了曲九江。

即使珊琳將趙佩芬體內的怪物揪出吃掉，他還是無法對她抱持好感——那雙從頭髮間隙中露出的眼睛，散發出讓人不舒服的濕冷。

珊琳低聲又對楊百罌吩咐了什麼，後者臉色微白，可最末又恢復漠然，點點頭回了句：

「……我明白了。」

明白？明白什麼？柯維安一頭霧水地看著像在打啞謎的兩人，內心有太多問題想問。

楊百罌的身分、珊琳爲何可以吃瘴……最重要的，珊琳到底是誰？

「班代，或許妳不會回答，可我還是想問……」柯維安覺得自己的聲音乾乾的。

「既然知道我不會回答，那就不用浪費力氣多問。」楊百罌毫不客氣地截斷柯維安的話，態度強硬，「繁星市不勞外人守護，即使你們是神使也不例外。我確信我做得可以比神使還要好，把你們的力量花在別件事上吧。」

「咦?但話不是……班代?班代!」柯維安試圖喊住那抹高挑人影。可對方就像拒絕再待在此處,扭頭就往女舍方向走去;珊琳趴在她的背上,同樣沒有再回頭看他們一眼。

可是,小白卻覺得自己好像聽見了含糊的細微哼唱。

「歡慶的時刻要到,祭祀的時刻要到,山神祭、山神祭……」

那是誰的歌聲?楊百罌?珊琳?

「小白,怎麼了?」柯維安忽地拍上他的肩,「你一直盯著班代……我也不是不能理解,誰知道她身上會有那麼驚人的祕密?」

「不,歌聲……」小白喃喃地說。

「歌?沒人唱歌啊,你聽錯了吧?」柯維安的狐疑很快變成擔心,「小白,你一定是今晚驚嚇太大。又是妖怪又是生死一瞬間的,快快快,我們這就回宿舍休息,我還可以替你暖床。搭檔,佩芬學姊就拜託妳了。」

狐狸面具人影輕一頷首,輕而易舉地撈起地上的趙佩芬,轉眼就不見蹤跡。

「小白,我們走吧,我設的結界待會就要解除,排除他人的效力很快便會失效了,我們還是快回房去。」柯維安推著小白往前走,不過小白不客氣地轉身揮開他的手,雙手抱胸,一張臉繃得緊緊的。

「在那之前，我猜更應該有人先告訴我，這他……這究竟是怎麼回事！」

事實上，小白更想說的是——爲什麼他該死的會有一個不太像是人的室友，和一個根本不是人的室友！

柯維安心虛地撓撓臉頰，想要打哈哈地矇混過關，不過在發現小白銳利無比的眼神後，就知道這個選擇是不可能的。

「咳咳，該怎麼說呢？」柯維安胡亂扒抓一頭本就亂翹的頭髮，「小白，你相信世上有神明的存在嗎？」

「……信。」小白硬邦邦吐出這個字。

這倒是讓柯維安有些意外，他原以爲小白是無神論者，畢竟他曾對《神明的源流》一書給出了「那種書寫的東西，大多都不可信」的評論。

「那小白……你相信世上有妖怪嗎？」

「柯維安，我剛眼睛沒瞎。」小白冷冷地說：「我信神也信有妖怪，你問這想做什麼？」

「小白，你都信的話那就好解釋了！」柯維安露出鬆口氣的笑容，「其實呢，我是神使，也就是……」

「神在人間尋找到的使者。獲得神的部分力量，幫祂消滅在人間的妖怪。」曲九江懶洋洋地將話接下去，唇角掛著嘲弄的笑意，「怪不得你說你可以提供我想要的條件，室友B。因爲你就是神使，自然也是那組織的一分子。」

「那組織？什麼組織？」小白擰起眉，放下環胸的手。

「啊啊，絕對不是什麼直銷或老鼠會，這我可以保證，不過這部分我們晚點再說。曲九江剛說的，其實有個地方不太對。」柯維安甚至覺得曲九江在說出「你就是神使」時，語氣聽起來跟「該死的」差不多。「神使只消滅危害人間的妖怪——主要就是我們剛看到的，附在佩芬學姊身上的那種妖怪，叫作『瘴』。它形體不定，會受到欲望吸引。小白，雖然你看不見，可是人的這裡……」

柯維安比了下心口位置，「只要欲望強烈，失去平衡的話，就會冒出欲線，也就是欲望之線。欲望越強，欲線就越長。萬一長到碰地，就會被瘴咬住，感覺就像釣魚一樣吧。瘴會被釣起，吞噬欲線的主人，入侵身體，掌控一切。而被瘴寄附的人，就看不見欲線的存在。佩芬學姊恐怕一開始就遭到入侵，所以我才沒看見她的欲線……呃，小白，我這樣說你能接受嗎？」

「昨天的警衛，還有今天的便利商店店員，」小白沒直接回答，反倒自己改變了話題，「柯維安，他們根本就沒看到我們對不對？你早就設了你的結界。」

這下子，柯維安不禁睜大眼，隨後眼裡迸發出敬佩的光芒。他沒想到小白居然連這一層都看破了，他本來還認爲自己隱瞞得很好。

「天啊，小白！你眞厲害，不愧是人家心愛的！」柯維安熱情十足地張開手臂。

一切都超乎他的預期。小白在目睹妖怪、神使、戰鬥和危險後，不但沒有嚇跑，反而冷靜地接受事實。換作平常人，或許已經巴不得和他拉開距離，他甚至都做好對方會把今天發生的事當成幻覺的心理準備了。

面對柯維安熱情得過分的擁抱，小白毫不猶豫張開手掌揮出，熟練又俐落地一掌拍上對方的臉，像對付害蟲一般。

「痛痛痛……」柯維安摀著臉蹲了下來。

「誰是你心愛的？」小白用無比冷酷的眼神俯視蹲在地上的室友，「我不管你是什麼人，反正別妨礙我的生活就好。還有，說好的東西記得給我。柯維安，否則我就把你折斷。」

或許是小白的眼神和表情真的太嚇人，柯維安害怕地縮了縮脖子，一時間也不敢問對方是要折他哪裡……不管是哪裡，好像都很痛。

「不過小白，原來你真的喜歡那種……啊，我閉嘴、我閉嘴，我一定會給你。你和曲九江的條件都很奇怪……對不起，我真的閉嘴了。」柯維安摀住嘴巴。

確定柯維安收到自己的威脅後，小白瞥了曲九江一眼，即使對方此刻看起來和一般人沒兩樣，他依然記得那張狂的非人姿態，但他也只是冷淡地說一句：「同樣，我不管你是什麼，那些都跟我無關。」

曲九江沒有對此做出回應，只是在小白要繞過他回宿舍時，忽地一把搭住對方的肩膀。

曲九江湊近小白耳邊，用只有彼此聽得見的音量耳語，隨後那隻大手鬆開，解除看似親密的態度，將臉色乍然一變的小白留在原地。

柯維安茫然地看看小白，再看看兀自離去的曲九江，不明白發生了什麼。

小白繃緊了臉，眼神陰沉。

曲九江的話言猶在耳。

——我聞到了危險的味道，你的本性可一點也不低調，我很好奇你為了什麼而裝，小白。

□

拿出鑰匙，打開門鎖，按亮電源開關後，楊百罌毫不意外拉上百葉窗的寢室內空無一人。

秋冬語總是時常不在。

即使感到疲累，楊百罌也不會隨意擱放鞋襪。直到確定自己的東西都擺整齊，才終於在書桌前坐下。

與明艷的外貌相比，她的個性異常地一板一眼。

把臉埋入雙掌內，楊百罌覺得自己需要時間消化今天發生的事。才一個晚上，卻已給她帶來夠多衝擊。

柯維安是神使……而曲九江，為什麼又會和他……

「起來，妳還有事沒做。」驀然，一道稚氣平板的嗓音在房內響起。

楊百罌一點也不覺得意外地抬起頭。

綠髮的小女孩正高高坐在對面的床鋪上，凌亂的頭髮遮住她的臉，讓人看不清表情。但那雙由髮絲間隙露出的眼眸，卻散發著無形的壓力。

「我已給予妳指示，楊百罌，楊家現任的家主。」珊琳的語調沒有絲毫波動，「現在，照我的指示而做。」

「我不明白，這跟他……和曲九江有什麼關係？」楊百罌站直身體，面無表情地回視。可仔細一看，就會發覺她眼中有著壓抑。

珊琳注意到了，她在髮絲後咧出一抹笑，隨即從高處躍下，安穩地踩在地面上，沒有發出任何聲響。

「妳不須提出質疑，只要照著我的話，帶曲九江，帶妳的同學們過來。」珊琳音量突地放輕，「放心好了，我不會讓誰受到傷害，別忘記我是誰。這只是為了祭典，人類孩子們的陽氣和山中靈氣，可以讓祭典更加的……是的，順利，而我更加強大。」

「既然如此，那曲九江根本毋須……要是他和……」

「我知道妳擔心什麼，他們不會見到面的。不要質疑我，不要違抗我，我的信奉者。當我更加強大，也許我們就能締結契約，妳將成爲我的神使，也能更強大，然後完成妳的願望。」

神使……這兩個字讓楊百罌的瞳孔微地收縮一下，細微的渴望更是飛快掠過又隱沒，手指無意識地捏緊。

「……是。」楊百罌很快就把所有情緒藏起，她低下頭，對著外表年紀比自己小上許多的孩子表示服從。

珊琳滿意地點點頭，看著楊百罌拿出手機，聽見她向手機的另一端說——

「張叔，我是百罌，有事要麻煩你們了……也請幫我轉告爺爺，珊琳已經給予指示，山神祭將在今年重新舉行。停辦七年的那場儀式，過不久將會……無庸置疑，這是珊琳的指示，是我們……山神大人的指示。」

楊百罌輕易就可以想到另一端的人，一定是露出緊張敬畏的表情，但她仍是平靜地逐一下達指令，告訴對方有哪些事要進行。確定沒有遺漏後，她結束手機通訊，望向珊琳。

後者正坐在空桌上，含糊地哼唱著歌：「歡慶的時刻要到，祭祀的時刻要到，山神祭、山神祭，同歡慶……」

楊百罌握緊手機，艷麗的側臉透出瞬間的冷厲。

珊琳說過了，她會完成自己的願望。

自己會更加強大，並重振楊家狩妖士的威名！

第八章

「狩妖士?那又是什麼?」

乍聞陌生詞彙，小白的眉頭毫不掩飾地整個皺起來；當然也不排除有部分原因是因爲看見了柯維安。

時間是星期一早上九點多。

在經過星期五那場古怪又詭異的意外後，小白星期六便離校返家，直到今日才又回到學校。但沒想到剛窩到文同會的社辦沒多久，柯維安簡直就像嗅到氣味的狗，無預警地冒了出來，還拋出莫名其妙的名詞。

狩妖士。

「所以人家就是正要跟你解釋嘛。」柯維安早就習慣小白的冷臉相待，還是一副興致勃勃的模樣，並且步步進逼沙發上的小白，「不過有件事倒是可以先說……好痛!」

「我討厭有人靠那麼近。」小白手上抓著一本雜誌，毫不同情地看著被自己一把拍下沙發的柯維安。

「可恨的小白，你回家一定是去看舊愛了，才會對我這新歡這麼冷淡。」柯維安擺出一臉哀怨的表情。

小白哼了一聲，乾脆無視地跨過去，決定去開電腦。

「啊，小白！好歹也配合我一下，別讓人家演獨角戲啦！」見狀，柯維安趕緊跳起來，拉了張椅子湊靠過去，以免小白上網跟人聊天，就眞的不理他了。「你這兩天回去，所以不知道程湘婷她們都出院了。」

「她們好了？」這下小白總算轉過頭，眉毛挑高，「連駱依瑾也沒事了？」

「駱依瑾昨天很開心地來跟我道謝，還說又開始打工了，之前請假幾天，老闆娘都有點微辭了。至於佩芬學姊，則是不記得自己發生過什麼事。我跟你說過嗎？被瘴附身的人，通常在瘴被消滅後，就會忘掉相關的事。」在接收到小白的眼刀後，柯維安摸摸鼻子，「好吧，顯然我忘記跟你說。」

「然後這跟你說的什麼『狩妖士』有什麼關係？」小白就像無法忍耐柯維安的話題兜轉，不耐煩地直問。

「就是啊，班代她們家原來就是做狩妖士這行的呢！」柯維安高聲宣布。

「……啊？」小白還是無法理解。

瞥見自己室友的拳頭握了又放，柯維安連忙又說：「所謂狩妖士，簡單解釋就是狩獵妖怪的人，和我們神使差不多，也可以說是同業。不過差別就在於，他們沒有和神明締結契約，是憑靠自己磨練。嗯，對妖怪的態度好像也比較嚴苛……因爲班代的力量和出現都太讓人意外了，我特地和公會連線，請他們幫忙調查了一下。」

「等等，那個公會又是什麼玩意？該不會就是曲九江曾說過的『那組織』？」小白瞇起眼，他那日沒再追問，不代表忘了這事。

「嗯，小白……就像電玩裡的角色們都會組一個共同職業組織什麼的，例如傭兵公會啦、魔導士公會啦。」柯維安刮刮臉頰，「所以說我們神使其實也成立了一個神使公會，畢竟我們人也不算太多，神明不是隨便就能碰到的嘛，感覺更像是互助會。凡是入會的人，有困難一起幫，有情報一起分享，現在加入還買一送一，多送兩個環保購物袋喔！」

「……那禮物也太遜了。」小白冷冷吐槽。

「啊哈哈，總之公會大概就是類似那樣的存在，這先不管。」柯維安做了一個放旁邊的手勢，「我對班代他們家做了些調查，太私人的部分，情報部就不肯告訴我了，說是侵犯他人隱私。嗚啊，要是我能去公會一趟，挖到的資料絕對可以比他們多……小白，你聽人說過，班代家是繁星市有名的望族吧？雖然現在有點沒落了。」

小白點點頭。就算楊百罌本人不提，但就有些好事者會打聽她的身家背景。

「但其實那只是表面。」柯維安的態度嚴肅起來，「楊家以前是有名的狩妖士家族，楊老爺子、也就是班代的爺爺，至今在這行中仍頗負盛名。他是前前任的家主，而前任家主則是他的獨子，可是卻在多年前，和妻子因意外過世，留下一對雙胞胎子女。」

「兒子和媳婦的過世帶給楊老爺子相當大的打擊，從那時起他就不再管事，也不涉足狩妖士的工作。漸漸地，楊家的威名也黯淡下去。不過楊家的新任家主似乎很想再重新擦亮自家招牌，我估計了下，繁星市之前眞的沒什麼瘴作祟的記錄。更早之前是有楊老爺子在，但他隱退之後也是一片平靜的話，就表示仍有人在行動，恐怕就是那位家主私下搶在神使之前的成果。」

「新任家主是楊百罌的哥哥還是弟弟？」小白問。

柯維安搖搖頭，那是他在看見報告時也忍不住大吃一驚的消息。

楊家現任的家主不是別人，正是楊百罌。

說實話，柯維安也不太明白自己怎麼會一股腦地將事情都告訴小白。瘴的事、神使的事、狩妖士的事……這些說給一般人聽，其實一點幫助也沒有。更不用說小白也曾表明過，不要將他捲入這些事端裡。

可是，柯維安還是忍不住都說了。

一直到十點的課開始後，他還是想不出自己這樣做的原因。

講台上，副教授將板書寫得龍飛鳳舞；講台下，柯維安繼續思考，同時下意識地觀察起曲九江和楊百罌。

那兩人就像是什麼事也沒發生，就算打照面，表情也沒有一絲變動，甚至座位還可以若無其事地選擇坐在前後。

這有點奇怪，班代是狩妖士，曲九江是妖怪，可是她怎麼沒有採取任何行動的意思？

不止如此，楊百罌瞧見自己和小白時，也是如此，依舊是冰冷的眼神和不近人情的態度。

而今日她的身邊，也沒發現那名綠頭髮古怪孩子的蹤跡。

珊琳。柯維安還記得對方的名字，更記得對方蹲在地上、將某種東西吃得狼吞虎嚥的姿態——將瘴。

柯維安獲得的情報中，有一條提及了楊家有著獨特的信仰：他們信奉山神，並且會舉行山神祭，作爲對山神的崇敬。

只是自從楊老爺子的兒子、媳婦過世後，似乎就不曾再舉行……

山神、珊琳……柯維安自己也覺得這聯想太過荒謬，但他就是會不由自主地揣測，珊琳該不會就是楊家祭祀的山神？因爲那名字的諧音，同時也是「山林」……

可是，無論她是不是，她究竟是……爲什麼能夠吃掉瘴？這根本前所未聞……

一根突襲而來的粉筆準之又準地擊中柯維安的額頭，也打斷他的思考，使他托腮的手受驚一滑，下巴差點撞到桌子。

「柯維安，我現在在講第幾頁的內容？」副教授危險地瞇起眼，臉上的笑容不但沒使人放鬆下來，反倒令人想到大白鯊正不懷好意地對著自己笑。

「咦？現、現在是……」柯維安當下出了一身冷汗地站直身體。

文學概論的副教授，個性是出了名的難搞，要是回答不出來，恐怕這學期就要被狠狠盯上了。

眼見副教授的笑越發凶狠，他的冷汗也冒得越凶，偏偏身邊還是空位，沒人可以打暗號。

「白痴，是八十九頁。」

這時，身後傳來一道不明顯的聲音。

柯維安不禁慶幸自己聽力好，否則就要漏聽了。他馬上挺起胸膛，堅定有力地對副教授說：「是八十九頁！」

講台上的副教授毫不掩飾自己的失望，似乎原本期待對方回答不出來。

「有在聽課就好，坐下吧。」副教授揮揮手，「否則我原本打算這禮拜再給你們班多加一份報告的。」

柯維安頓時暗叫萬幸，他自己被罰寫報告就算了，萬一害得全班一起……老師這招未免也太狠，絕對會害他變成全班公敵！

柯維安拍拍胸口，坐下時不忘給後方的小白一記感激眼神。他終於知道，爲什麼自己會將一堆祕密都毫不保留地告訴對方了。

小白會聽他的廢話、會維持寢室的整潔、還幫他洗了內褲……小白是他的天使！

壓抑著滿腔激動，柯維安決定一下課就將這份遲來的領悟說給小白聽。

沒想到下課鐘聲一響，負責教文學概論的副教授卻沒有直接到系辦休息，而是整理了一下講義，示意同學們先留下，不要急著離去。

「身爲你們另一位班導，我有事要向各位同學宣布。」副教授表情嚴肅，令底下學生們頓時心生忐忑，忍不住猜想該不會是期末考的時間要提前了吧。

「這個星期六，我和你們的另一位導師決定舉行系烤。」

「老師，系什麼？」一名學生小心翼翼地問。

「系上烤肉，笨蛋。不然你以爲是期末考嗎？」副教授瞪了那學生一眼，「地點已經敲定了，你們班代願意出借她家庭院，這樣也省了場勘的工夫。所以我們現在要來調查人數，班代，拜託妳了。」

被指名的楊百罌站起，像是早已準備好般，抱著一疊紙走到最前排。

「這是調查意願的回條。」楊百罌的情緒和班上的興奮呈現微妙溫差。她神情冷淡，彷彿對系烤一事沒有特別反應，「請願意參加的人，最晚這星期三下午把回條給我。」

似乎是早就習慣她的態度，班上同學也不覺得哪裡奇怪。大部分的人都興高采烈地將回條傳到後面，並和身邊的人討論起這次活動。

柯維安看著回條，卻沒辦法單純地感到開心。他的娃娃臉皺成一團，眉毛也像打了結。

兩位班導舉行烤肉大會，這不奇怪。據系上學長姊說，一年級都會舉辦一次，這是系上的傳統……奇怪的是，楊百罌居然自願提供場地？

柯維安怎麼想都不認爲對方是這種個性的人，但又無法挑出哪裡有問題。

「小白，你怎麼看？」柯維安轉頭，和室友小小聲地咬起耳朵。

「不怎麼看。」小白一派無謂地將回條夾入講義裡，「我星期六要回去，不參加。」

「什……」柯維安大驚，趕緊用力握住小白的手，「小白，你怎麼可以回去？你不是應該留下來陪你的好麻吉嗎？」

「我都不知道我在這裡有這種東西。」小白面無表情地說。

「不行啦，小白！拜託你這禮拜留下來陪我吧！」柯維安越挫越勇，沒有遭到一次打擊就退縮，「大不了……說好的報酬我給你雙倍，我保證！」

爲了讓小白答應，柯維安甚至特地仰起臉，擺出四十五度角，一雙大眼睛可憐兮兮地眨呀眨，露出最無辜的小狗表情。

剎那間，他敏銳地發覺到小白的身體一僵，馬上抓住機會趁勝追擊。

「小白，好啦！好啦好啦好啦好啦好啦，就陪人家一起去啦！」

「……就一次。」小白費了好大的勁，終於從唇間擠出硬邦邦的聲音。

「太棒了，小白！你果然是我的天使！」柯維安眉開眼笑，巴不得給對方一個熱情擁抱——如果小白沒有握著原子筆，回以「敢過來就戳爆你」的眼神。

柯維安可沒興趣讓自己身上開個洞，立刻識相地坐回位子，接著目光不禁瞄向了楊百罌。那瞬間，柯維安露出了若有所思的深沉。直覺告訴他，對方不是無緣無故出借自家作爲系烤的場地的。

彷彿沒發現到柯維安的視線，楊百罌回到位子上，將擱在桌上的回條向後傳，她身後就是曲九江。

「你用不著參加也沒關係。」楊百罌的聲音很輕也很冷，雙眼沒有對視上曲九江。在旁人眼中，她只是在準備收拾自己的東西。「曲九江，你大可以不用來參加。」

「說那什麼話呢？」曲九江漫不經心地轉動手上的筆，從他唇中吐出的聲音同樣輕，但更加森寒，「我也該回去看看老爺子了。」

無視楊百罌身體霍然一震，曲九江在參加的選項位置毫不猶豫地打了一個勾。

□

對大學生來說，時間總是一下子就飛快而逝。從星期一到星期六，似乎只是過了一會兒的工夫。

雖然中文一的學生大多都聽過楊百罌家是繁星市有名的地主、望族，但當他們正式迎來系烤日、抵達楊家時，莫不被眼前的壯觀景象驚得目瞪口呆。

楊家佔地廣大，附近除了他們的屋子外，林木綿延；主屋是歐風式的三層建築物，左右兩側還接連著翼樓，看起來更是氣勢恢宏。四周環繞著被人精心照顧的庭院，後側則是傍著一座蔥翠蒼山，最外圈當然是圍牆，以及一扇可以使人看透過去的黑鐵雕花大門。

二十幾名年輕大學生就這樣傻傻地杵在華麗大門前，一時間誰也不記得做出反應。

「我的天啊，這也大得太誇張了……」柯維安小小聲地向身旁小白說，後者也忍不住點下頭，表示深有同感。

這次的烤肉大會，中文一一半以上的人都參加了。尤其是男同學們，更是全體到齊。

是的，就連曲九江也來了。

這讓柯維安不免心中越發詫異，畢竟楊家可是狩妖士一族，身為妖怪的曲九江，居然一點也不覺得忌憚？

不，最奇怪的是……為什麼曲九江願意參加這種活動？

同寢超過半年了，他不敢說自己相當了解對方，但多少也知道曲九江對什麼事都不感興趣，連他人的死活也不在意。自己要不是拿條件交換，對方也不可能同意加入調查小組。

既然如此，到底爲什麼……

這廂柯維安暗自苦思，另一廂同來參加的女生們可一點也不在意曲九江爲何出現。她們興奮地竊竊私語，不時偷覷著那名高大的鬈髮青年；有的人甚至計畫要怎麼利用這次機會拉近關係。

即使曲九江對誰都冷漠以待，其中還少不了冷嘲熱諷，不過光是他搶眼的外貌，就足以令許多女孩們蠢蠢欲動。

除了愛慕的視線外，投射在曲九江身上的，當然還有嫉妒的目光。

男同學們壓根沒想到曲九江會出現在這種場合，而且還毫不客氣地奪走壓倒性的注意力！這未免太不公平了，系上的「病美人」秋冬語沒參加這次活動，已經夠令他們扼腕，原本想說大不了還可以趁機親近楊百罌，或其他女孩子，但曲九江一來……女生甩不甩他們都還是未知數了……

身處焦點中心的曲九江，卻是全然無動於衷。見所有人傻站在原地，沒人按門鈴，他大步上前，伸出手，但就在指尖即將碰觸之際，一直沉靜不動的黑鐵大門忽地發出「喀」地一聲，接著門緩緩向內開啓。

接著，便見到一抹搶眼高挑的身影。

容姿艷麗又透著冷淡的褐髮女孩，對著門前的眾人輕點一下頭：「請大家隨我來吧，兩位老師說晚點才會到。」

二十幾人你看我、我看你，隨即曲九江最先邁出腳步，似乎完全沒被這幢大宅的氣勢所懾；見有人行動，其餘學生也趕緊紛紛跟上。

一進入庭院，更能充分感覺到楊家的大。

楊百罌走在最前端領路，和身後的人有些距離，於是有人放鬆下來，和身旁同學討論起沿路所見景觀。

柯維安抓著小白，躲在隊伍最末端，以免對話被楊百罌聽去。

「哪哪，小白，你真的不覺得奇怪嗎？」柯維安壓低音量，「班代願意提供場地已經很不可思議了，竟然連曲九江都跑來參加這種活動？那個曲九江，不管我怎麼拉他加入不可思議社，都不肯答應的曲九江耶！」

「不覺得。」小白則是用冷淡無比的三個字回答，接著像是覺得三個字似乎太少，又再補充，「你那莫名其妙社真是爛透了，曲九江不加入才正常。」

「嗚喔！小白你這樣說，真是太傷我的心了……」柯維安摀著胸口抗議，「那社團明明就很好，雖然我更想辦的是……不對，那不重要。重點是，妖怪親自跑到狩妖士的大本營，這怎麼想都相當不正常吧？」

「所以呢？那是曲九江自己要來的，也沒人拿刀逼他。我說過了，這些事都跟我無關。」

小白就像是宣告話題結束，忽地加大步伐，自顧自地回到隊伍前端，將柯維安拋在後頭。

他很清楚，柯維安對曲九江有絲忌憚，而在楊百罌面前，柯維安也不可能公然討論神使相關的事。

他現在跑來這位置，就不用擔心對方會再來煩他了。

果然，柯維安雖很快又從後頭擠回來。但礙於曲、楊兩人，只能乖乖閉上嘴，保持安靜。不過，假使這時有外人來看這列隊伍，只怕會感到不可思議……

與後半段的熱鬧笑語相比，前方簡直沉默得突兀。

在楊百罌的帶領下，一行人繞過主屋，來到後方庭院。那裡有著修剪整齊的草皮，還有一群男女正忙著組裝立式烤肉架，或幫忙準備食材。

看到這一幕，大夥又再一次目瞪口呆。

那群男女中，年紀最大的中年人，一發現楊百罌，立刻停下手邊工作，快步迎了上來。

那是個約莫四十多歲的男人，看起來親切和善。

「小姐。」一來到楊百罌面前，他馬上恭敬地低下頭，從他口中吐出的尊稱，則是讓那票大孩子嚇一跳。

畢竟他們也只在電視上看過這種畫面，如今就出現在眼前，反而有種不真實的感覺。

「張叔。」楊百罌點下頭，「我帶我的同學們過來了，準備的工作麻煩你們了。我爺爺人呢？還待在主屋裡嗎？」

「是的，老爺他今天一直都在……」張叔抬起臉，然而說到一半的話卻猛地中斷。他就像看到某種驚異的景象，瞠大眼、臉色微白，無法閉起的嘴，似乎發出接近呻吟的聲音。

他看到什麼讓他流露此等驚愕？柯維安並沒漏掉張叔的變化，他飛快一扭頭，換他的眸子也隨之大睜。

對方看的人是……

「張叔，我爺爺人在哪裡？」楊百罌開口，冷傲的嗓音似乎多了一份凌厲或警告。

「啊、是。老爺在屋子裡休息，要小姐和小姐的同學好好玩，不用顧慮太多。」張叔自知失態，迅速收起表情、低下頭，又回復原本恭敬的態度，宛如不曾發生過任何事。

柯維安暗中扯了小白的手臂，對他投以確認的眼神。

小白面無表情地點點頭，他也發現張叔的異狀。

他看的人，是曲九江。

「小白、小白。」柯維安就像巴不得趕緊和小白進行討論，偏偏時間、地點皆不適，只能抓著對方的手不放。

而小白向來討厭被自家室友這麼親密抓著，他陰沉著臉，毫不客氣甩開了那雙手，卻在同時間，眼角餘光偶然捕捉到一抹身影。愣了一下，反倒讓柯維安有機可趁，馬上又黏了上來。

「小白？」柯維安也注意到小白視線方向，他下意識抬起頭，目光同時落至主屋三樓窗戶上。

窗戶後，正站著一個人。由於距離關係，無法看清對方相貌，但從那頭灰白的頭髮來看，可知是名老者。

柯維安不由自主想到楊老爺子，楊百罌的祖父。

而緊接著出現的第二抹人影，登時讓他瞳孔收縮。

柯維安沒聽清楚周遭的人在說些什麼，也沒注意到同學們已解散分組，只是怔怔地盯著窗戶，盯著出現在老者身旁的綠髮小孩子。

珊琳。

第九章

烤肉大會準時在下午五點舉行。

當器材和食材全部準備完畢，楊家僕人們也全都告退，將場地留給繁星大學中文系一年級的學生們。

起初這些大孩子們還有些拘謹，說話聲音也不敢太大，但很快就因爲身邊沒大人而解除了壓力。不一會兒，各小組紛紛玩鬧起來，不時傳出嘻笑聲。

不過這當中，卻有個小組顯出格格不入的沉默，且人數相較於他組，也特別少。

一、二、三，就只有三個人，分別是曲九江、楊百罌還有柯維安。

除了柯維安臉皺得比苦瓜還苦外，另外兩人根本是面無表情地在烤肉。

事實上，對於眼下這場景，柯維安暗自叫苦連天。

天可憐見，他原本壓根沒打算要和這兩人同一組，就算他再怎麼好奇班代和曲九江的關係——妖怪居然會願意前來狩妖士的家，他們明明是敵對的吧——但烤肉就是要開開心心、盡情地烤，他可不想白白浪費掉這段歡樂時光。

而憑他的好人緣，不管要加入哪個小組都沒問題。偏偏大夥們在發現楊百罌竟和曲九江同組後，立刻毫不猶豫地踹他過去。女孩子的想法是希望能藉機吃到曲九江烤的東西；男孩子的目標當然是楊百罌。

總之，不管哪方，都要他當炮灰就是了。

這實在太沒天理了，也要看對方肯不肯把自己烤的東西分給他啊……柯維安哭喪著臉，看著各佔烤肉架一方的肉片和蔬菜；前者都是曲九江的，後者屬於楊百罌。

而不論是誰的，他都別想染指。那兩人用眼神相當明確地表示——要吃就自己烤。

不過比起這事，柯維安覺得最沒天理的，還是小白拋棄他了！

這分明是團體活動，然而小白竟利用他的低調和沒存在感，神不知鬼不覺地不知溜到哪去了，而且還沒其他人注意到他不見。

太過分了啦，小白，要溜好歹也帶我一塊兒溜嘛……柯維安的內心哀怨如棄婦。

另一邊，溜出烤肉場地的小白，當然不會知道室友此時的心聲，就算知道了，恐怕也會毫不留情地踩踏過去。

躲過系上同學的視線，小白獨自繞到主屋另一側，他其實只是想找個無人的地方講手機。

爲了避免被楊家其他人關注，他乾脆挑了一條小徑走進去，幾個拐彎便聽不到同學們的喧鬧聲。卻沒想到剛要往前踏，兩抹人影就先躍入眼裡。

有人！小白反射性收住步伐，本想立即轉頭離去，但其中一人的聲音吸引了他的注意。

「老爺。」那是張叔的聲音，而他口中稱呼的「老爺」……

小白想起之前曾在主屋三樓窗戶後瞥到的老者，他壓抑不住好奇，忍不住多佇足了一會兒。他利用樹木作爲遮掩，巧妙隱藏起自己的身形。

屏著氣，小白小心翼翼地稍微探出頭，發現張叔的對面果然站著一名頭髮灰白的老者。老者面無表情，看起來嚴厲、難以親近，光是側臉就令人聯想到硬邦邦的石頭。雖然老者看起來年歲已高，不過從他筆挺的站姿判斷，身子骨顯得還相當健朗。

那個人……就是柯維安那小子說的「楊老爺子」嗎？曾經專門狩獵妖怪的狩妖士？

對於張叔的話，老者沒有回應，或者更像在等待對方繼續將話說下去。

「老爺，您要不要去和小姐的同學見個面？小姐難得邀請同學來，而且在那些人之中，還有……」張叔忽然語氣遲疑，半晌後才又謹慎地開口，「我覺得，您可以和他們見個面。」

「不需要。」老者卻是斷然否決，「百罌要做什麼事，由她去即可。至於與正事無關的，我沒興趣多管。」

「但是老爺，小姐的同學中有……」張叔欲言又止，像是有什麼原因無法完整地說出話。

「百罌的同學和我沒關係。只要他們在這守規矩，做什麼我都不會過問。小張，你何時說話變得吞吞吐吐的？有話直說。」老者手揹後，淡淡瞥了對方一眼。但那一眼，就連藏身在樹後窺看的小白也覺得威嚴十足。

張叔看起來像是掙扎了好一會兒，最後卻還是將話吞下，斂起外露的情緒，恭敬地低下頭，「……抱歉，什麼事也沒有。」

「沒事就好。」老者一揮手，對張叔的變化似乎一點也不感興趣。

小白覺得有些奇怪，張叔的態度擺明就是有件事令他介掛不已，然而楊老爺子怎麼如此漠不關心，甚至連進一步的追問也不想費心。

「怎麼想都太不合理吧……」小白以微小的音量喃喃地說，隨即驚覺到老者和張叔欲往這方向走來。他飛快張望一下，視線鎖定上方，毫不猶豫地雙腳一躍，伸長的手臂抓住了頭頂上的樹幹，搶在兩人過來之前，改藏身在樹上。

如果柯維安在場，一定會對小白超乎常人的俐落目瞪口呆，然後鼓掌叫好。

屏著氣，小白躲著，直到兩抹身影越走越遠，消失在他的視野外，才靈活跳了下來。

他不想馬上折返回去，以免又碰上誰，便決定沿著小徑再往裡面走一會兒，沒想到卻走到了另一處庭院空地。

這裡也修剪得整整齊齊，但更靠近後山。中央部分突兀地矗立著一座石頭建造的小祠堂，與深具歐風的楊家大宅顯得格格不入。

小白瞇著眼打量，接著向祠堂靠近。他想起柯維安曾提及身爲狩妖士的楊家，自有一套信仰，他們信奉山神。

山神？那麼這座祠堂該不會是……小白還沒看清祠堂內祭祀著什麼，某種直覺已催促他轉身躲起。他立刻閃身至祠堂另一面，貼靠石牆，而不是正對著門口。

下一秒，祠堂內有抹半透明的影子輕盈躍出，她的裙角、袖角和髮絲，都因爲這個動作飛揚起來。

即使看不到正面，小白還是能從那身衣飾和幾個明顯的特徵猜出對方身分。

瘦小的身子、民族風服飾，還有那頭如山林的綠色凌亂長髮——從祠堂中躍出的是珊琳。

彷彿沒察覺到小白的存在，珊琳一踩上地，身子又飛快地往前奔跑。一晃眼，那抹身影又整個轉至透明，消失不見。

小白瞪著珊琳消失的方向，腦海中的疑問越來越多。那個珊琳到底是誰？難道眞的像柯維安那小子所判斷的，就是楊家信仰的「山神」？問題是，他從沒聽過神能吃掉妖怪，將之吸收……如果眞的做得到，那麼，究竟哪一方才像是妖怪……

小白猛地搖頭，將這不必要的思緒甩到一邊。不管珊琳是什麼，總之先確定祠堂祭祀的是何物再說。

小白返回祠堂正面，但尚未等他走近細看，一道預料外的嗓音驀然響起。

「小白，你在這做什麼？」

小白硬生生收住腳步，飛快轉身。

在小徑入口，赫然站著一名短髮的俏麗女孩。

就算是戶外烤肉的場合，駱依瑾仍打扮時髦，吸引他人目光。

「……只是走走。」小白簡潔地說，將問題拋了回去，「妳又在這裡做什麼？」

「我也只是四處走走，我們小組有人負責烤肉。嘿嘿，因為這幾天才弄新的指甲彩繪，不想弄壞它們。」駱依瑾伸出十指，讓小白看清她色彩繽紛的指甲，上頭甚至還用水鑽做了裝飾，「怎樣，還不錯吧？對了，我剛在路上碰到那個叫張叔的，他說要是我們烤太晚，趕不上校車或客運，可以留下來住一晚呢。」

駱依瑾沒等對方回話，就自顧自地說下去，似乎只是純粹想展現指甲彩繪給人看。

「有這種機會，我還眞不想放過。唔，我好像花太多時間在這跟你說話了，我先回去烤肉了。教授他們也過來了，不過不會待太久。小白，要是你沒和別人分到組的話，可以來我們這組，我可以把肉分給你，也算報答嘛，畢竟你那時候也算有幫我。」

「駱依瑾。」小白沒對駱依瑾的任何話題做出回應，而是提出新的問題：「妳打工沒問題嗎？」

駱依瑾愣了一下，隨後反應過來小白可能是在問那次事件是否留下任何後遺症，對她的打工造成影響。

沒想到那個低調、不愛和人來往的系上同學居然也會關心自己，駱依瑾不免有些得意。

「放心好了，完全沒問題，我的工作非常順利唷。」短髮女孩笑靨如花。陽光下，她的笑容和指甲都像在閃閃發亮。

□

烤肉大會結束得比預期的還要晚了很多，等東西全收拾完畢、將場地還原成最初狀態，都已經快要晚間十一點了。

騎機車或是和人共乘來的同學，回去自然不會有問題。但有些人要搭校車回學校宿舍或是搭客運返家，就面臨了麻煩。

校車最晚一班是十一點發車，現在趕到站牌恐怕也來不及了。而客運雖然還有班次，然而之後要轉搭的市內公車或火車可都是停駛，要回家可說是困難重重。

這種情況下，楊百罌開口邀請同學留宿一晚。她們這客房多，也能提供盥洗用具。

雖然她的語氣還是冷冰冰，且帶著一絲高傲。但那些趕不回去的同學們也不想就這樣拒絕邀請，畢竟露宿街頭這種事誰也不想嘗試。

更有些人就算有交通工具，卻也想留下來湊個熱鬧，想試試豪宅住起來的感覺。

柯維安就是有車卻留下來的人之一，當然他的「湊熱鬧」，和其他同學不太一樣。他想要藉此機會調查一些事，例如珊琳、狩妖士和楊百罌的意圖。爲此，他還抓著小白不放，無論如何都要對方留下來陪他。

或許是他的纏功太纏人了，也或許是小白另有打算，總之他也留下來住一晚了。

然而，這之中最教人吃驚的，那就是竟然連曲九江都主動留下。

這讓柯維安忍不住抓著小白發誓，曲九江和楊家之間一定有某種不爲人知的內幕，否則對自己以外的人事物都懶得分予注意力的曲九江，怎可能願意？

小白的回應仍是照慣例將那張礙事的臉推開。

也許是考量到柯維安、曲九江、小白在學校宿舍就是同一寢，因此在客房的分配上也是三人一間。

楊百罌負責帶領他們三人前往。

一路上，這個令人捉摸不透的褐髮女孩保持著安靜，不主動開口說話。她領著他們一路來到三樓，在幾個拐彎後，便在一扇閉掩的房門前停下。

「客房都有按時打掃，不用擔心衛生問題。」楊百罌終於說話了，「盥洗用具晚點我會派人送過來，你們今晚就待在這休息。別在屋子裡到處晃來晃去，也不要跑到屋外去，那會增加我家的麻煩。」

柯維安不確定是不是自己的錯覺，他總覺得楊百罌的視線總避開曲九江。

「班代，今天一整天都沒看到妳爺爺，我們能不能明天跟他見個面，向他道謝？」柯維安試探性地問，「我也想和他聊聊。妳知道的，神使和狩妖士其實不常碰上……而且我對楊老爺子的事蹟很感興趣，他曾是很有名的狩妖士呢。」

「不需要。」似乎發覺自己回答得太快，楊百罌輕吸一口氣，穩下語調，「楊家現任的狩妖士是我，爺爺已經退休了。柯維安，我不管你是不是神使，你不准去煩他。」

「那麼我呢？我是否有這個榮幸和老爺子見面？」出人意表，曲九江插話了，他的聲音帶著笑意，然而字字句句就像含有無形的利刺。

「你！」楊百罌的臉色變了，但仍記得有他人在場。她捏緊拳頭，高傲地抬起下巴，「廢話就到此爲止。記得我說的話，不要隨意離開屋子，十二點後就待在房間裡。我楊家有活動會在夜間舉行，這與你們無關，也不想要外人打擾。尤其是你，柯維安，神使不代表就能插手我們的事。我話說到這裡，你們進去吧。」

中止話題，楊百罌替三人打開房門，再按下電燈開關，就面無表情地點點頭，轉身離去。離開前，她和曲九江擦身而過，兩人的表情都沒有變。

但是，小白確信自己聽見楊百罌低聲對曲九江說了一句話——你大可以不用回來，你毋須回來也沒關係。

小白原本對兩人的關係不怎麼放在心上，但現在的確被引起了興趣。

楊百噐對曲九江使用的字詞是「回來」，這表示曲九江曾在楊家待過；而曲九江喊楊百噐的祖父為「老爺子」，就連前面的稱呼也沒加，這表示他們應該不是素不相識。再加上張叔看到曲九江的反應，以及之後對楊老爺子的欲言又止……種種跡象都顯示出，曲九江和楊家必有什麼牽連。

小白試圖釐清思緒，不過他似乎不擅長思索太深奧的問題。想著想著，睡意也跟著湧了上來，眼皮往下掉，終於雙眼闔上，進入夢鄉。

等到這名男孩再次清醒，是他驚覺到不對勁、反射性睜眼的時候。

小白幾乎是驚醒的，某種直覺促使他掙脫夢境，回到現實。就在他張開雙眼的瞬間，他差點以為自己還在作夢。

因為他第一眼就看見滿室的白茫霧氣！

房裡為什麼會有霧？

沒浪費時間摸索眼鏡，小白用最快速度掀開棉被，坐起身子，下意識就往窗戶的方向看。

窗子是開的，外頭同樣正瀰漫著濃濃霧氣。

小白鬆了一口氣，暗笑自己太緊張，原來霧是從外面飄進來的。但緊接著，他就發現自己這口氣鬆得太早。

他原本要踩地的腳僵在半空。

雖說房間沒開燈，但仍保有基本能見度。因此小白可以看見白霧，還有那沿著窗戶、安靜無聲蔓生進來的大量長條物……

那是什麼？小白嚥嚥口水，瞇眼再觀察。等他發現那赫然像是黑色的藤蔓，並且還在持續從敞開的窗戶爬進來後，忍不住咒罵了。

「幹！那是三小？」

正在行動的入侵者當然不會回答小白的問題，然而這房間的另外兩名房客，卻也沒有做出任何回應。

直到這時，小白才發覺另一件不對勁的事。

房間未免太安靜了，明明除了他以外，還有兩個人……

小白立刻扭頭，雙人床和單人沙發床上空空如也！

「見鬼，人呢？」小白臉色乍變，就在他隔壁的柯維安居然不見人影，也不見枕頭和被子。

等等，連枕頭和被子也沒有？

小白當機立斷爬過床鋪，低頭向下一望——他要找的人就在床底下。天知道柯維安是怎麼睡的，滾到床底下不說，連枕頭和棉被都不忘抓下來，儼然將地板當成了另一張床。

確定柯維安還在，只是睡得不省人事，小白不免有些安心。只是這份安心維持不到一分鐘，就因爲目睹沙發床的狀況而煙消雲散。

小白睜大眼，倒抽一口氣，顫慄竄爬上他的背脊。沙發床上空無一人。可是這次的情況和柯維安不同，雖然沙發床上沒有人，卻爬滿了黑色藤蔓。

這些黑色藤蔓不但包圍著沙發床，還在床墊上圈繞出一個形狀……那怎麼看就像是人形，就像有人曾躺在那個空位上。

它們是從門縫伸進來的！

曲九江……

而從房門緊閉以及之前並未聽見可疑響動的情況來看，小白只能猜曲九江或許是因爲那些怪異的植物才消失在這房裡，他也只能這樣猜測。

眼下已經沒有多的時間讓小白細想，那些看起來像植物藤蔓的黑影，開始朝床下的柯維安靠近。

「靠！」小白毫不猶豫，馬上雙臂使勁一拉，將柯維安粗暴拽扯上來。

「柯維安、柯維安，快點醒醒！柯維安！」小白動作粗暴地搖晃著對方，但柯維安就像睡死了，連哼也沒有哼一聲。

眼角餘光捕捉到那些黑影紛紛朝床鋪方向而來，小白清楚他們可沒時間再耗下去。

深吸一口氣，他眼神驟然變得狠戾，一手扯住柯維安的衣領，一手揚起，快狠準地就是一巴掌不客氣揮下。

從房內傳出的響亮音響來看，不難猜出那勁道可沒留多少情面。

於是緊接在後，就是柯維安飽受驚嚇的慘叫聲。

柯維安可說是被嚇醒還有痛醒的，臉頰上火辣辣的疼痛讓他瞬間睜開眼，隨後映入眼內的，是另一雙凶氣四溢的眼睛。他頓時以爲有猛獸入侵房間，而且想要將他當作宵夜吞下肚！

「哇啊！」柯維安大叫，額前同時浮出金色花紋，但他的雙手卻被誰快一步地抓住。

「閉嘴，柯維安！」小白鐵青了臉，厲聲一喝。被那種噪音直擊，他的耳朵都痛起來了。

這聲音……柯維安迅速閉起嘴，他聽出這是他好室友、好麻吉的聲音。問題是，抓著他的人……那雙眼睛凶惡到令他感到陌生。

「誰？」他眞的脫口問出這個字了。

「夠了，柯維安，你可以再蠢一點，你連自己室友都認不出來嗎？」小白從齒縫擠出森冷的句子。

「小……小白!?」柯維安一雙眼瞪得更大，他現在看清楚了，那的確是沒戴眼鏡的小白。

天啊，原來一個人有沒有戴眼鏡，眼神可以差這麼多？以前他看見小白從床鋪上爬下來的時候，都已經戴上了眼鏡，現在還是第一次見到對方這模樣。

就在柯維安還在爲自己的新發現胡思亂想之際，小白已耐心全失。

「你敢再問我是誰你就死定了，給我看清楚現在的狀況！」

顯然感受到小白話裡的嚴厲意味，柯維安立即抓過床頭櫃上的筆電，按下了開機電源。螢幕在幾秒內亮起，當下替昏暗的房間增加亮度，也讓人足夠看清目前局勢。

「什、什麼……」柯維安白了一張娃娃臉，幾乎不敢相信自己所見到的。

地板上，黑色的植物藤蔓交錯纏繞，差不多佔領了大半的面積。它們是從門縫與窗外爬進來的，現在已經靠近床緣，試圖攀爬而上。

其中更教柯維安震驚的，是徒留人形空位的沙發床。

曲九江不見了蹤跡！

「小白，曲九江呢？他不見了？」柯安維乾巴巴地喊，「他不是妖怪嗎？」

「我怎麼可能知道。」小白不耐地回話，四處搜尋起適合逃出的路線。

「這到底是什麼？我的天，這裡不是狩妖士的大本營嗎？」柯維安似乎有些慌了手腳。

「我他媽的比你想知道啊！」小白惱火地大吼。

「小白……」柯維安倒是因這一吼而冷靜不少，「你沒戴眼鏡時，好像……比較火爆？」

「……少廢話了，現在立刻馬上聽好。」小白的聲音倏然一低，讓柯維安下意識想立正站好，「衝出去，或者你自己留在這跟它們作伴。我數到三就行動。」

沒有給對方思考的時間，小白猛地大喝一聲：「三！」

床鋪上兩抹人影誰也沒有猶豫，即刻用最快的速度跳下。他們準確地踩著地板上尚未被侵佔的空隙，一路直衝往房門口。

似乎是察覺到房內獵物即將逃脫，原先安靜潛伏的藤蔓刹那間暴動起來。

它們發出了沙沙聲響，像蛇一樣昂起末端，迅速地鎖定門前的兩人。

小白手指已經搭上門把，一旋，在門板向外開啓的瞬間，不忘同時回頭將身後的柯維安猛力拽拉出來，再使勁關上門。

「砰！」地一聲，房門關起，也將那些藤蔓隔絕在後方，還可以聽見它們砰砰咚咚撞上門板的聲響。

小白眼尖，發現靜止的金屬門把竟然在轉動，趕忙一個箭步反將門把從另一方向旋到底，使得門後的藤蔓無法成功打開門。

但是藤蔓的行動沒有因此平息，門板還在震動，像是有無數隻手拍擊敲打。

然後傳出了門板破裂的聲音，有藤蔓打算將門鑿出一個洞。

「小白，讓開！」柯維安忽然大叫。

小白心一橫，當即鬆開手，退躍到一邊去。

少了抗衡力道的門把馬上被旋轉到底，房門被從內打開來。

說時遲那時快，一枝筆尖染著金墨的巨大毛筆猝不及防地對著門前揮寫，就在最後一筆勾勒完畢後，一個奇異的大型字紋飛也似地貼撞上門板。

開出一條縫隙的房門頓時大力關上。

即使門後還是音響不斷，但門板已經不再震動。

柯維安大喘口氣，手中毛筆化爲金光散逸，飛竄入亮著光的筆電螢幕內。他抱著心愛的筆電，往後跌退幾步，差點坐在地板上。

但小白及時抓住他的臂膀，將他一把拉起。

在那麼近的距離，柯維安再次深深感受到，小白的眼鏡將那銳利凶惡的眼神掩飾得太好了。就算是現在，他仍有種想問對方是誰的衝動。

「你的武器到底是電腦還是毛筆？一般來說不是只有一件嗎？」小白忍不住想問了。

「呃，嚴格來說兩個應該都算，我的比較特殊一點……啊！小白你的眼鏡！」說著說著，柯維安終於發現到哪裡怪怪的，「你沒戴眼鏡沒問題嗎？要不要我拉著你跑？」

「我那眼鏡是沒度數的，待會不要是我揹著你跑就好了。」小白的聲音硬邦邦的，絲毫沒有因爲危機解除就安心下來。

沒有度數？等一下，也就是說小白沒近視？那他爲什麼要戴眼鏡？柯維安一邊困惑地想，一邊站好身子，抬頭看向前方，登時不由得屏住氣，總算明白小白的聲音爲何沒有一絲安心。

根本就不可能安心。

由於他們的房間位在三樓走廊最底端，所以往前看就能將整條走廊的景象收納眼中。走廊兩側房間林立，門扇清一色關得緊緊的，牆壁突出的柱子上鑲著照明用的小型壁燈。

在燈光一路照耀下，柯維安和小白都清清楚楚地看見了覆蓋在地板的紅地毯上，正遍布著那些方才他們在房裡看過的黑色藤蔓。只不過它們沒有突起，而是像影子一樣地向著四面八方蔓延出去，鑽進各個房間的門縫底下。

這些黑色藤蔓有粗有細，如同蜘蛛網般張開它們的勢力範圍，甚至不時還能瞧見它們鼓動、收縮。比起用蜘蛛網形容，或許這更容易令人聯想到四通八達的血管……黑色的血管。

「小白，我忽然發現到一件不太妙的事。」柯維安乾巴巴地說，「這畫面……讓我想到了之前程湘婷和駱依瑾身上曾出現過的。」

「太棒了，我也是。」小白面無表情地說。

突然，兩人身後窗戶無故重重敞開，那砰地一響嚇了兩人一跳，柯維安險些還跳起來。

兩人反射性旋身，窗外沒有衝湧進藤蔓對他們展開攻擊，只是飄進一縷一縷的霧氣。

柯維安的臉色更白了，他緊緊抱著筆電，望著小白，對他擠出了一抹乾笑。

「怎麼辦？小白，我發現一件更不妙的事了……我發現外面有妖氣，非常濃非常濃的，瘴的妖氣……」

第十章

晚間十一點多，應該是許多人好夢正甜的時候，然而楊家大宅卻是陷入了詭異的異變。不明的黑色影子侵入整棟屋子，它們像是影子一般遍布在眼所能及的地面。乍看下，還以爲是地板或地毯加上了什麼新花色。

事實上，柯維安和小白還寧願是這樣，最起碼他們就不用在這種時間展開大逃亡。

自從逃出被黑藤佔領的房間後，兩人就一路打開廊上的其他房門，試圖尋找自己的同學。有些房間是空的，有些房間的確找到了人，但卻已被黑色藤蔓纏捲住手腳、身體，不管怎麼大喊甚或粗暴對待，都沒有反應，就像沉沉地睡著一般，反倒是他們的行爲引得黑藤攻擊。

經過這些失敗經驗，柯維安和小白也發現了一個規律：似乎只有房裡的黑色藤蔓才會攻擊人；房間以外的部分，則只是靜靜地縱橫交錯，如同安靜的影子，偶爾收縮、鼓動。

他們也放棄再設法突破房內的那些藤蔓，喚醒失去意識的同學，畢竟他們也無法把所有人都扛出來，還不如趕緊找到異變原因，徹底解決問題。

三樓的房間很快都巡了一遍，沒有發現其他清醒者，也沒有找到失蹤的曲九江。兩人毫不遲疑地衝下二樓，樓梯被他們踩得啪嗒作響，卻依舊沒有見到他人出現。

他們兩人都注意到了，楊家的僕役如同消失一般，完全沒有出來探個究竟。

但是眼下情況也讓人無暇再細想，他們必須趕緊找完二樓、一樓，再衝出這裡。

當柯維安和小白一踏上二樓，走廊左側的一扇門板忽地由內被猛力撞開。他們立即警戒地停下，就怕是黑色藤蔓衝出房間。

沒想到衝出來的卻是一抹人影——短髮女孩跌跌撞撞地跑出，嘴裡冒出不成調的悲鳴，還在跑上走廊時絆了一跤，重重撲跌在地。

就在這瞬間，房門大敞的房間內伸出了黑色藤蔓，它們捲上那女孩的腳踝。

「不、不要……救命！救命！」駱依瑾驚恐地扭過身子，拚命踢動雙腳，想掙脫古怪植物的箝制，「不要啊——」

女孩子的尖叫高亢且淒厲。

「駱依瑾！」

當那聲大喊響起的剎那，駱依瑾猛地感受到自己的兩隻臂膀被人大力抓住。如果不是已經辨認出聲音的主人，恐怕她又會嚇得迸出新一輪尖叫。

柯維安及時抓住駱依瑾，他使勁了力，將她往門外拖。而小白卻是將柯維安交給他保管的筆電，無預警就要往那些纏住駱依瑾腳的黑藤砸去。

「小白！」這次換柯維安尖叫了。

不過筆電並沒有眞的用力砸下去，因爲在雙方即將碰觸到的前一秒，那些黑藤就像怕被燙到般，飛快縮回房間。

小白也迅速將門關上，暫時隔絕那些藤蔓。

「小、小白……」柯維安滿臉驚恐地瞪著小白，「你是想把我的心肝寶貝給毀了嗎？」

「如果這也算是你的武器，我猜它多少也有類似祛邪的功能。」小白將筆電扔回給對方。

「唔啊！小心一點！」柯維安忙不迭地把筆電抱進懷裡，這才有餘力看向驚魂未定的駱依瑾，「妳還好嗎？」

「怎麼可能會好……那是什麼東西啊？」駱依瑾蒼白著臉喊，當她瞧見自己正坐著的地板時，聲音驀地卡住了。她恐懼睜大眼，發出像是被人掐住脖子的嘶氣聲。

「我也很想向妳解釋，可惜我也不知道該說什麼。」柯維安苦笑，他比任何都想知道原因。

這裡是狩妖士的地盤，還祭祀著山神……卻出現了異常濃烈的妖氣。最怪異的是，還沒見到楊家任何一人出現……

或許那些僕役只是一般人，可是楊百罌和楊老爺子呢？他們不可能沒發現吧？

「總之，妳先跟好我們，我們趕緊把這層樓檢查一遍，說不定還能再找到其他人。」

「什……別開玩笑了！當然是趕快逃到外面去才對！」一聽完柯維安的話，駱依瑾頓時不敢置信地嚷，「我才不要再待在這種鬼地方，多待一秒都不想！而且……而且……」

駱依瑾大力抓住柯維安的一隻手，「而且這層樓就只有我們房間有住人，其他同學都睡在三樓！所以……這裡根本就不用花時間找啊！」

「咦？但、但是……」柯維安無法判斷這話的眞僞，他在三樓時也不可能去記自己曾看到哪些同學。

但駱依瑾說的就是眞的嗎？他下意識地看向小白，後者的冷靜大大超出一般人，讓他不由自主地想要依賴。

「楊百罌住哪間房？」小白開口了，卻是不相關的另一個問題。

駱依瑾一呆，似乎直到現在才終於注意到小白的存在。她瞪著那名眼神凶惡銳利的黑髮男孩，如同在看一個不認識的陌生人。

柯維安倒是很能理解駱依瑾的反應。小白不戴眼鏡，氣質和原先可說是天差地別，不過現在不是讓人發呆的好時間。

「駱依瑾，妳知道班代和她的家人住在哪裡嗎？」柯維安將小白的問題再重複一遍。只要能找到楊百罌，一些問題應該就能有答案，「他們好像不在主屋這裡？」

「班、班代……我記得她好像是在左邊那棟屋子。就是這樣，我們快走吧！柯維安，我們快點下樓去吧！」駱依瑾焦急地催促，不時回頭望著自己原本住的房間，就像害怕那些黑藤隨時再衝出來。

柯維安朝小白點點頭，在彼此眼中確認了下一處目的地。

「柯維安，你們還在幹嘛？快帶我下去啊！」似乎是畏怕已到了臨界點，駱依瑾歇斯底里地大喊。

同時，一樓方向傳出門板被重重破開的聲音。

這聲音立即讓駱依瑾駭得噤聲，臉上沒有一絲血色。

柯維安和小白自然也聽見了，他們對望一眼，馬上往樓梯口靠近。門不會無故打開，這表示一樓有人，或是有「什麼」存在。

小白本來要打前鋒，但柯維安指了指自己的筆電和額頭，表示他是神使，還是讓他來吧。

在不知會面臨什麼事的狀況下，柯維安屏氣悄聲下樓。當他來到轉角處，看清了一樓大廳的情形。

「喔，不……」他喃喃地呻吟。

柯維安終於知道爲什麼樓上的黑藤沒有試圖攔下他們，而那些不見人影的楊家僕役又是到哪裡去了。

由張叔領頭，他們全在門扇大開的大廳裡，而且面無表情，手裡不是拿著棍棒就是菜刀、鐮刀，或是其他具有攻擊性的物品！

他們全都拿著武器，眼睛眨也不眨地凝望樓梯方向。

柯維安敢發誓，這些人絕對不是特地來歡迎他們的。

□

究竟是面對一堆會動的藤蔓比較可怕？還是面對一堆拿著武器的人比較糟糕？

柯維安發現自己還眞的回答不出來。他嚥嚥口水，不敢隨意移動身子，就怕這一動，那些待在大廳的人們可能隨之發起攻擊。

不管怎樣，柯維安可不認爲對方是要去消滅那些藤蔓。他百分之百肯定，對方要消滅的目標，只怕就是他們幾個。

見鬼了，這個家不是有山神的保護嗎？怎麼事情的狀況越來越糟……

發現柯維安僵住身體，小白驚覺事情有異，而且可能還不利於他們。他小心翼翼地探出頭，登時低咒一聲。他也看見那些人的異狀，甚至還發現另一件事。

但駱依瑾可不像兩人，一瞧見其他人，眼中馬上湧現驚喜。

「救救我們！快救我們，樓上有奇怪的東西！」駱依瑾衝出轉角，急匆匆地朝樓梯口跑去，動作快得連柯維安和小白都來不及拉住，「拜託快點救我離開——」

駱依瑾的話都還沒說完，最靠近樓梯口的張叔，卻是猝不及防地揮動球高爾夫球桿，向著她的方向狠狠擊打。

「呀啊！」駱依瑾煞白了臉，閉上眼尖叫。

「汝等是我兵武，汝等聽從我令，疾雷！」

隨著這道高亢嗓音驟然響起，數道白影飛竄入大廳，它們懸浮在高空中，瞬間銀色電光閃動，再飛快往下劈落。

熾烈的光芒映亮大廳，也讓人看見那些閃避不及的楊家僕役抽搐了幾下，身體隨即就像被剝奪意識，癱軟在地。

所有人都被這突來的變化吸引了注意力，張叔也不例外。

但是小白沒有，他立刻趁球桿停在半空之際，長臂一伸，將駱依瑾扯到後方，也不管對方有沒有站穩。他在張叔回頭的之際，馬上抬腿重踹對方肚腹，使之失去平衡，往後栽跌。

「自己躲好！」小白這句話是對駱依瑾喊的，接著再向柯維安一喝，「柯維安！」

柯維安當下領會，立即與小白抓緊機會，一塊往樓下衝。面對想要上前攻擊的敵人，就奮力地往對方身上踢踹。

由於受限於樓梯寬度，加上又有好幾人同時爭著往上跑，擠在一起的結果就是武器沒辦法適時派上用場，只能一個接一個地滾落下去，和後方想要站起的同伴又跌在一起。

趁著樓梯口前的敵人都跌滾成一團，小白腳下施勁躍過了那堆「小山」，直接落足一樓。

柯維安自認運動神經沒有小白好，乾脆踩上那些人的背，再跳了下來。

瞬間，大廳裡所有燈光全數亮起，一切景象都再清晰不過。

柯維安的目光停在門口，他們要找的楊百罌就在那。

褐髮女孩臉色蒼白，急促地微喘著氣，似乎是急著跑過來，在她的身邊並沒有看見珊琳。

一看清大廳地板、樓梯居然遍布宛如藤蔓的黑色影子，楊百罌的臉色更白了。接著，她再望向從走廊裡走出來的多名男女，那些都是她楊家的僕人。

他們面無表情，手中同樣拿著武器。

「這是什麼意思？想造反了嗎？」楊百罌慢慢地說，手中多張符紙也跟著緊緊捏住，「還不給我退下？」

如果不是眼神中的不安洩露出真正的情緒，楊百罌的態度就像以往一樣的鎮靜、高傲。

「班代……我想他們不會聽妳的命令了。」柯維安小聲提醒。

楊百罌就像沒聽到，盯著自家的僕人，驀然又是淩厲地喝道：「退下！」

只不過這道喝聲反像是按下開關般，手持武器的男女瞬間一口氣全衝出走廊，鎖定一樓的三人就是展開攻擊。

甚至就連之前被小白踹下樓梯的張叔等人，也重新搖搖晃晃站起。一握住自己的武器，他們同樣像被蒙蔽心智地衝上，彷彿認不出眼前的人是他們的小姐以及小姐的同學。

「小白，你躲在我身後，我保護你！」柯維安額前浮現金色花紋，也不管樓梯上的駱依瑾是否會看見這一幕。他迅速將手探入筆電螢幕，從中抽出一支巨大毛筆，隨即筆電照慣例地塞給小白。

柯維安抓著毛筆，迅速往前方奔來的敵人們一揮劃。金色墨漬在空中化成具體，形成一道保護牆，阻擋對方的進逼。

「媽的，誰要你保護！」小白黑了臉，眼見從另一側又衝來揮舞菜刀的人，他當下就想將柯維安的寶貝筆電當成武器，用硬角重敲上對方的下頷或鼻梁。

他沒有眞正實行的原因——一來是砸壞室友的筆電似乎不道德；二來是在他要行動之前，楊百罌手中的符紙已快一步對著那人飛出。

「汝等是我兵武，汝等聽從我令，明火！」

符紙瞬間燃成一團小型火球，轟砸上那人面前。

那名僕人倒地，卻沒受到太多的皮肉傷，顯示楊百罌只奪走他的意識。

「柯維安，解除你的保護！不論情況爲何變成如此，這都是我楊家的事，我要一口氣解決！」楊百罌嬌艷的面孔覆上寒霜，雙手中出現多張黃色符紙，「不想被波及就解——汝等是我兵武，汝等聽從我令，電隨意走！」

柯維安馬上想起這是哪招，上星期趙佩芬身上的瘴就是因此而受到重創。

當空中的金墨消隱，黃色符紙同時像飛箭掠出。它們環繞在所有僕役四周，形成一個圓，然後斜立於地面上。

登時，比先前更大範圍的電光在符紙間閃動，接連成一面電網，接著兜頭覆蓋下去。

短短時間，圓圈內的人們都橫倒在地，一動也不動了。但從他們仍在起伏的胸膛，可看出他們還活著。

楊百罌蒼白著臉，背脊挺直，一言不發地看著被自己強行奪走意識的僕人們。可下一秒，她的雙膝無預警地往下一跪，整個人就要滑墜在地。

「班代！」柯維安大驚，趕忙想抓住她，但有一隻手比他更快。

小白眼明手快地大力抓握住楊百罌的臂膀，不讓她真的跌下。

楊百罌素來冷傲的臉浮現著茫然，而在她轉頭望向小白後，那抹茫然更甚。

「誰……？」她喃喃地問了。

「班代，他是小白，只是沒戴眼鏡而已……不好意思，小白，你也借我抓一下。」柯維安伸手抓住小白的手臂，將大半體重交給對方，額上神紋隱沒。一放鬆下來，他覺得疲憊馬上湧上。

「……夠了，你的體力是有多差？」小白的臉更黑，兩方的重量讓他差點也要站不穩，於是乾脆放下兩人，讓他們直接坐在地面上。

「嘿嘿嘿，就說我只有短程爆發力嘛……」柯維安抓著頭髮傻笑，「不過還好有班代趕來，不然這麼一大票人……班代？」

柯維安發現楊百罌似乎沒在聽自己說話，她的目光又轉回前方，臉上還是籠著那抹奇異的茫然，像是沒辦法確定眼前發生了什麼事，又像是難以接受所看到的景象。

這時候的她，有種罕見的脆弱。

「柯維安、小白、班代！」見大廳沒有危險，一直躲在樓梯上的駱依瑾立刻跌跌撞撞地跑了下來，「那些人……那些人是怎麼回事？他們想攻擊我們……剛剛的景象又是怎麼回事？我不是……我應該不是在作夢吧？」

駱依瑾在距離柯維安他們幾步遠的位置停下，她的表情和語氣都帶著恍惚，「那些雷啊火啊……還有巨大的毛筆……」

「這個……因爲太一言難盡了，所以我們還是之後再說吧。」柯維安可不想花時間在解釋這些事上。更何況，他也不打算讓對方知道神使、狩妖士或是瘴所代表的意義。反正等這些事結束後，她也會忘了這一切。

「班代，妳知道你們家的人發生什麼事了嗎？」柯維安問。

「不。」楊百罌的視線終於收回來，臉上的表情也從茫然逐漸轉爲冰冷，就像是迅速地武裝自己，「我是忽然感覺到這地方有妖氣環繞，才立刻趕過來的，我住的地方沒有異樣。柯維安，我要知道這裡出了什麼事，現在全都告訴我。」

「出了什麼事？楊百罌，妳家的房子根本有問題！早知道會這樣，我絕對不住下來！」駱依瑾像是憤怒蓋過了懼怕，搶在柯維安開口之前，氣急敗壞地尖聲嚷道：「那些黑色的植物，還有那些發瘋的人……爲什麼妳不乾脆自己上去看看？」

「如果我上去對事情有幫助，那麼我就會上去。」楊百罌冷聲地說，「我需要的是有人告知我情況，而不是只會歇斯底里地尖叫。妳若願意把多餘的力氣花在有幫助的事情上，我會非常感激。」

一番嚴格的話語，頓時使得駱依瑾臉色青白交錯，像是被人當面摑了一掌。

柯維安忍不住吞吞口水，沒想到楊百罌不止對男性是這樣的態度，連對同性也是如此不假辭色。

「妳……妳……怪不得人家都說妳不近人情，又高傲得不得了！」像是被激怒了，駱依瑾紅著眼眶，口不擇言地叫道：「所以才沒人想跟妳做朋友！活該妳在學校只能獨來獨往！」

楊百罌沒有對此動怒，只是面無表情地望著對方。

柯維安幾乎想在心中哀號。都什麼時候了，哪有空爲這種小事起爭執？況且班代說的確實沒錯，反而是駱依瑾太過分了。

就在柯維安想要打個圓場，有人又先一步出聲了。

「要是想跟誰做朋友，根本不會在乎別人說了什麼。」小白瞇起眼，語氣嚴厲，「在沒真正了解那個人之前，只會附和別人的傢伙，有什麼資格對別人說這些狗屁話！」

楊百罌的瞳孔猛地收縮，震驚地看向那名黑髮男孩。在學校裡，從來就不曾有誰為她說過這些話……

「小白！」柯維安真的哀叫出來了。他明白小白說得對，但這些話對此刻的駱依瑾而言，無疑是火上加油。他緊張地看向駱依瑾，就怕對方情緒失控。

沒想到駱依瑾只是瞪大了眼，嘴巴閉得緊緊，沒再口出惡言。

柯維安愣了一下。他看看駱依瑾，再看看小白，馬上就明白了——小白的眼神著實太嚇人，沒了眼鏡的遮擋，那雙眼睛又凶又狠，簡直像猛獸。

饒是柯維安也不禁嚥下口水，要是小白拿這眼神瞪他，只怕他也會心裡發毛。

……啊，他好像忽然知道為什麼小白沒近視，卻要戴眼鏡的原因了。

「楊百罌，妳站得起來嗎？」小白朝班代伸出手。

楊百罌瞬也不瞬地望著小白，對方的名字在這時瞬間由模糊變得鮮明無比，但她沒有握上那隻手，而是自己站了起來。

「……我沒事。」她低聲說。

「小白，我！拉我一下！」柯維安立刻眼巴巴看向小白。

「你很煩耶……」小白嘴巴抱怨，還是幫忙將柯維安一把拉起。

「好了，現在大家都別吵，我們回歸正題。」一站起來，柯維安便擋在楊百罌與駱依瑾之間，「班代，我和小白是睡到一半，突然發現窗外和門縫爬進黑色藤蔓，我猜應該是藤蔓……其他人的房間也是相同狀況。那些來不及逃出的人則是被藤蔓纏住，失去意識，叫也叫不醒。然後我們在二樓碰上駱依瑾，在一樓就碰上那些人。」

「還有曲九江失蹤了。」小白說了，「我醒來就沒看見他。」

「失……」楊百罌臉上閃過片刻動搖，但隨即又藏起。只是這細微的變化，仍舊沒有逃過柯維安和小白的雙眼。

「班代，妳……是不是知道些什麼？」柯維安試探性地問，還是覺得許多事太過巧合。選擇在楊家舉行的烤，主動參加又主動留宿的曲九江……

「我們先離開這。」楊百罌沒有回答，「我知道我爺爺和其他人會在什麼地方。」

「他們難道不是待在另一邊的屋子……啊！」柯維安想起來了，楊百罌曾說過，今夜他們楊家要舉行私人活動，「該不會是，山神祭？」

「山神祭？那又是什麼奇怪的祭典？難不成……是那祭典讓這裡變成這樣的嗎？」駱依瑾瞪大了眼，「我不管，我要離開這地方！我才不想再跟你們去找什麼人！」

「那妳就自己離開。」小白似乎耐性全失地回了這一句，頓時令駱依瑾面色一白，咬著下唇，不敢再隨意開口，似乎害怕眾人眞的拋下她。

「班代，有件事讓我想不透。」柯維安又輕聲地說，「妳感受到妖氣，我也感受到妖氣。照理說，楊老爺子也會發現，我猜珊琳也行……但是，爲什麼只有妳趕過來？這明明是非常濃、非常濃的，瘴的氣息。」

「……祭典不能隨意中斷，這樣對山神不敬。」楊百罌沉默一會兒，才吐出這個理由，然而這聽起來似乎更像是要說服她自己。

楊百罌不明白，爲什麼他們楊家會出現瘴？爲什麼那些僕役會遭到操縱？可是，卻無人能回答她。

「不管原因是什麼，柯維安、楊百罌，你們有注意到那些人的腳嗎？」小白忽然低低說道：「我指的是那些躺在地上的傢伙們。」

一聽到這番話，另外三人下意識移動了目光。

「我的天……」柯維安不由自主地抽氣出聲；楊百罌捏緊手中符紙；駱依瑾摀著嘴，眼中滿是驚恐。

那些橫倒大廳的楊家僕役的腳上，竟纏繞著藤蔓似的黑影。它們向下延伸，連接在地面的黑色大網上，乍看之下，簡直就像植物向下扎根、盤根錯節，最後全部匯聚在最粗大的那條脈絡上。

緊接著，所有人又發現到，地面上的黑影每間隔一段時間就會收縮、鼓動，彷彿有志一同地朝著同個方向運輸什麼。

他們屏著氣，看著那陣脈動持續往外，穿過了敞開的大門，通往夜色中的某一處。

柯維安和楊百罌的視線往門外追去。

「班代，」柯維安說，「雖然妳不喜歡我們多管閒事，但消滅瘴本就是神使的職責，所以我無論如何都會插手。況且，這次的瘴似乎有些棘手，如果可以，希望狩妖士能伸出援手。」

「只有這次。」楊百罌給出了回答，美麗的臉蛋上仍將表情藏起。她明白順著那陣脈動前往源頭，或許就能尋找到侵入他們楊家的瘴，只是那將會是極難對付的敵人——可以無聲無息地潛入，又可以操控大半僕人——憑她一人之力，只怕難以應對。

「太好了！」得到答覆的柯維安綻出一抹笑容，立刻單手抱著筆電，另一手快速地敲打鍵盤，「那先讓我做個預防措施，再一起去揪出這次的罪魁禍首吧！」

奇異的金色符文突然從筆電內飄出，一個個越飛越高，再穿過屋頂，消隱在眾人視線內。

駱依瑾仰高頭，像是呆掉似地望著今日不知道第幾次見到的不可思議景象。

小白想起上禮拜的那晚，金色符文接連成一個圓，瞬間擴大又瞬間消失不見，取而代之的是，一切景物產生短暫的疊影……

宛如在呼應小白的想法，大廳眞的在剎那間出現重疊的影像，但隨即又消失不見。

「OK，結界設置完成！」柯維安從筆電後露出臉，笑出一口白牙，「這樣就不用擔心班代的家會受到什麼實質性的傷……班代？」

柯維安眨眨眼，不確定是不是自己眼花看錯了。楊百罌眼中，似乎閃過一抹渴望的光芒？渴望？不不不，他一定看錯了，班代可是嚴以律己的那種人，而且還非常徹底地執行。

將這想法拋到一邊，柯維安向小白和駱依瑾又說道：「小白、駱依瑾，要請你們也找個武器防身了。當然我們一定會保護你們，但還是預防萬一比較好。啊，武器地上很多，就隨便找一個吧。」

小白點點頭，走向那些昏迷的僕人。

駱依瑾流露出不怎麼情願的表情，但還是撿起離她最近的一把菜刀，然後就像打定主意一路都要緊跟柯維安不放似地，立即緊緊黏在他身邊。

「柯維安。」駱依瑾小小聲地說，「其實我剛剛……好像想起一些事。」

「一些事？」柯維安困惑地問，眼睛還盯在筆電螢幕上，手指又在敲打什麼，內心則在思索之後要不要弄一條帶子，這樣才可以把筆電掛在身上。

「嗯。」駱依瑾像怕被人聽到般再壓低了音量，「我想起來學姊帶我們去夜遊的山是在哪裡了，就在這裡。」

「咦？」柯維安一愣，雙手停下。

「就在楊百罌家後面，就是你今天看見的那座後山。」

那座山？柯維安吃驚地回過頭，然而所有的疑問都來不及問出口。

因爲那名短髮的俏麗女孩已經舉起菜刀，劈頭就朝他砍了下來。

第十一章

菜刀沒有砍在柯維安身上，有根球棒快一步從旁橫出，讓銳利的刀鋒深深嵌在其上。

眼睛來不及閉上的柯維安，滿臉蒼白、屏住呼吸，心臟幾乎漏跳了好幾拍，不敢相信自己剛剛面臨了生死一瞬間，冷汗也差不多浸濕了他的後背。

駱依瑾也同樣瞪大眼，難以接受自己的攻擊落空。

「露出狐狸尾巴了，是嗎？」抓握著球棒的小白猙獰一笑，趁著那柄菜刀還卡在球棒裡拔不出來，猝不及防鬆手，一腳踢踹上駱依瑾的腹部，再一手奪過柯維安的筆電，將之當成武器，狠狠地搧擊上駱依瑾的臉，全然沒有因爲對方是女孩子就手下留情。

駱依瑾搖搖晃晃地後退幾步，捧著腹部發出了乾嘔，臉上還沾染著鼻血，模樣看起來既狼狽又可憐。

可是，她卻在笑。不像之前的歇斯底里或哭哭啼啼，她眞的露出了笑容，詭異得嚇人。

突來的變故讓柯維安和楊百罌呆住了，無法理解駱依瑾怎會像是變了個人，更想不明白小白是如何警覺到的。

「小、小白……」柯維安結結巴巴地說，尾音因驚魂未定而顫抖，「你……她……你……

你拿我的筆電打女生!?」

「你到底是關心筆電還是關心後者?那個女生剛可是要拿菜刀砍你!」小白厲了柯維安一眼,「你差點頭上就要插把菜刀了!」

柯維安馬上緊張地摀住額頭。

「這是……怎麼回事?」楊百罌慢慢地問,語氣不自覺地沙啞。

「我知道那個女人有問題。」小白踢起球棒抓在手裡,將菜刀一把扯出,再以球棒直指駱依瑾,「但我不確定她想做什麼。」

「我現在也知道她有問題了……」柯維安嚥嚥口水,他可不會將駱依瑾的舉動當成正常的表現,「可是小白……爲什麼你知道她有問題?別說我了,連班代也沒有發現啊!」

「是啊,爲什麼你知道呢,小白?」駱依瑾抹去鼻血,卻讓血漬的範圍擴大,看起來更嚇人,「告訴我吧,我眞好奇,我覺得我掩飾得很好哪。」

「如果妳那叫掩飾得很好,妳是當人瞎子嗎?」小白不屑地說,「妳的指甲,而妳還回答我工作沒問題,相當順利。」

「呃……什麼?」柯維安小心翼翼地開口,「那個,小白……我還是不太懂那跟指甲有什麼關係?」

楊百罌沒問出口,但眼中也有一絲迷惑。

「駱依瑾有在打工。」小白深吸了一口氣，像是對兩名同伴的遲鈍忍無可忍，「她在早餐店工作最好可以留這種指甲，還他媽的能夠做指甲彩繪！」

這聲怒吼頓時就像一道落雷。

——為了衛生，凡是餐飲業的工作人員，都會把指甲剪得乾乾淨淨。

而駱依瑾顯然也沒想到這點，她呆了呆，隨後抑制不住地咯咯高笑。

「居然……居然是這種地方漏了餡？小白，我太小看你了，我以為你是最不用注意的人，誰想得到最該提防的原來是你！」駱依瑾笑得上氣不接下氣，「為了誇獎你，我來告訴你我是什麼。願望、希望、渴望，這些通通是欲望。而我等，就是吞噬一切欲望的——瘴！」

當那聲如野獸的咆哮霍然響起時，駱依瑾外露的皮膚瞬間爬滿黑色血管，它們快速蠕動，宛如即將掙脫出來。

下一秒，她的皮膚和衣物迸裂開來，鑽出漆黑的怪物。

轉眼間，矗立在柯維安他們面前的，變成一個狼頭、人身、蛇尾的紅眼怪物，與那日趙佩芬變成的怪物一模一樣！

「怎麼可能……」柯維安煞白了臉，「趙佩芬身上的瘴明明早就消失，而且從最開始我根本就沒看見駱依瑾的身上有欲線！妳究竟是什麼時候附在她身上的！」

「我究竟是什麼時候？」高大無比的紅眼怪物吐出駱依瑾的聲音，她咧開了滿是利齒的嘴，「小神使，你自己不是都說出答案了嗎？」

「我說出答案……？」柯維安茫然。

「被寄附的人身上，看不見欲線的存在。」小白的反應最快，他瞳孔收縮，「所以打從一開始!?」

「什——」柯維安駭然驚叫，「這根本就……！」

柯維安的聲音像是突然被緊緊絞住，雙眼瞪大至極限，「妳從一開始……從一開始就不是真的要找我們幫忙，妳是有目的想接近我們……」

「喔，我在這學校聞到了不一樣的味道，我想吃掉那些氣味的主人，你、還有曲九江。但是，不能太冒進，對吧？要一步步來。」怪物，或者說駱依瑾舔了舔嘴，身後的蛇尾慢悠悠地拍晃著。在挑高天花板的對照下，她的身形更顯得無比巨大，「我猜我說過了，我不想吃女孩子，我喜歡的是健康的男孩子，帶著特殊氣息就更棒了。」

就是這些話，如同一陣驚雷劈中了柯維安的心頭。他猛然一驚，許多事、許多話頓地重疊起來。

「我的宿主卻不停地在大叫『那不是她的錯，爲什麼就只有她要活該倒楣？如果她不幸的話，其他人也要跟她一樣才公平。那些在那一晚明明有參加夜遊的室友們，她們必須變得和她一樣，一切都是夜遊造成的錯』噢，那聲音吵死了，那欲望卻又如此強烈。所以我滿足了宿主的希望，偶爾還會放她的意識出來行動，看她對什麼事都不了解，那很有趣啊。」

那應該不可能……但將所有可能都剔除後，剩下的那一個也就是真相……柯維安的臉色越來越白，發出了瀕臨窒息的呻吟。

「妳眞正的宿主不是趙佩芬，打從一開始……」那呻吟變成了哀號，「就是駱依瑾！」

楊百罌和小白難以置信地望向了柯維安。

「猜對——全部了！」駱依瑾大笑起，腳下猛然一用力，快速地攀躍在天花板上，四肢就像有吸力般穩穩貼附住。她朝門口方向又一咆哮，所有門窗剎那間重重關起，將大廳封成了密閉空間。

「愚蠢的宿主，無法忍受只有自己不幸的宿主，無論何時都只說對自己有利的話。帶她們到楊家後山的是趙佩芬，但毀壞石碑的是她自己。是她招惹了那東西追來，即使在被攻擊的時候，也不忘詛咒自己的不幸，詛咒不陪她一塊到教室的趙佩芬下地獄。那是多麼美味的欲望，我簡直愛死了這種神經病！」

駱依瑾的背部也裂開一張血盆大口，從裡面發出了瘋狂的笑聲。

底下的三人則因爲這驚人的眞相徹底呆住了

同時間，駱依瑾眞正的扭曲執念，也令他們不禁湧上寒意。因爲自己不幸，其他人也得和她一樣才行？顏惠晴、程湘婷、趙佩芬，這些與她感情好的室友，就只是因爲這個原因……

「那佩芬學姊呢？既然駱依瑾才是宿主，為什麼她會變成那樣？」柯維安白著臉大喊。

「總要有人分散你們的注意力，我可不喜歡被神使和狩妖士追著不放。」駱依瑾扭過頭，咧嘴而笑，雙眼猩紅惡毒，「我操縱了她，將她帶來繁星大學；藏起她，再用一部分的力量做出虛假的分身。這戲演得很好，對吧？堂堂的神使、狩妖士，甚至曲九江，都無法識破。而且，我不讓趙佩芬也像那兩個人類女孩進醫院，就是要讓她充分感受到害怕，害怕下一個就是自己！」

「妳簡直扭曲至極，可悲至極。」楊百罌一字一字地說，手中符紙張成一扇，黑眸裡有著淬亮的光，「汝等是我兵武，汝等聽從我令，飛鳶！」

面對轉成鳥形、有著尖銳鳥喙的符紙，紅眼怪物則是發出亢奮的咆哮。龐大的身軀瞬間快若炮彈地飛竄下來，躲過楊百罌的攻擊，改攀掛在側邊的壁面上。

「扭曲？可悲？我是瘴，這就是瘴的天性！嘻哈哈哈，不管是誰都會有欲望！小心你們的心靈空隙，可不要被我們鑽進去了！」駱依瑾又發出像是野獸的吼聲，垂在身後的蛇尾猝不及防一捲甩，重重掃向唯一不是神使，也不是狩妖士的小白。

「小白！」柯維安再度召出他的毛筆，這次金墨像水花飛濺而出，迎面撞上小白前方的蛇尾。

宛如遭到灼燙的滋滋聲響起，沾上金墨的蛇尾冒出白煙，同時更用最快的速度縮了回去。

駱依瑾齜牙咧嘴地吼出吃痛聲，雙眼因憤怒更爲赤紅。

「怎樣？我的武器可不止能畫結界，還能攻擊啦！」柯維安雙腳踏開，抱著毛筆，擺出了進攻的架勢。

駱依瑾嘴巴拉出猙獰的弧度，下一秒再次撲躍而出，卻沒想到在中途猝然轉了方向。藉著蛇尾大力拍地，身子拔高，竟改從柯維安上方躍了過去。

當她四肢彎曲貼地的剎那，那條粗大的蛇尾迅雷不及掩耳地往後彈掃，眼看就要一口氣將小白和柯維安捲住。

「汝等是我兵武，汝等聽從我令，裂光之鞭！」

千鈞一髮之際，一條泛著熾白光芒的長鞭更快襲來，眨眼就強硬地捲住那條蛇尾，阻止它的攻擊。

楊百罌雙手緊緊扯住長鞭的另一端，美眸凌厲如刀。

「以爲這樣就能妨礙我嗎？小女娃，繼續乖乖陪我玩吧，不能跑出去哪！因爲——重要的祭典不能受人打擾而中斷！」話聲驟落，駱依瑾漆黑的身軀迸裂開來，另一團更巨大的黑色物質衝湧而出，拋棄了被人制住的軀殼，迅速又聚成狼頭、人身、蛇尾的不祥姿態。

而楊百罌在一聽見「祭典」兩字時，表情頓時迸出裂縫。

「妳想對我爺爺、珊琳，對曲九江做什麼！」楊百罌眼中再也藏不住焦急，冷傲的面具被輕易打碎。

但心神受到影響的她，抽回鞭子再攻擊的速度卻已慢了一步，來不及困住恢復原狀的敵人，只能眼睜睜看著對方高速衝向柯維安和小白。

「小白你躲好！」柯維安朝後猛力一撞，讓無防備的小白退離他數步。緊接著握著毛筆，大步奔向前，獨自面對那猙獰恐怖的紅眼怪物。

但是柯維安卻忘了自己體力不濟，才衝出幾步，膝蓋竟倏然往下一跪。還沒成功揮出攻擊，人就已經要先撲跌在地。

駱依瑾得意地呋笑，嚇人的大嘴張至最大，漆黑的手指冒出銳利無比的長指甲。

只是駱依瑾卻萬萬沒想到，在這種緊要關頭，竟然還能殺出程咬金！

小白！

那個被她認爲沒太大威脅的男孩，以驚人的速度衝了過來，手中抓著某個發亮的物體，猝不及防地就是朝她下頷使勁往上擊打。

出乎意料的強悍力道，讓她的頭顱被迫抬高，進而牽動全身，失去平衡向後翻倒。

但比起自己居然失去平衡這件事，她更加深刻地感受到疼痛，前所未有的灼燙感，簡直就像當時金墨濺上尾巴的感覺……

「我賭妳絕對不會想到這個。」小白手上抓的是沒有闔上的筆電——那是柯維安的筆電，螢幕還在發光。

「還有這個！」小白露出了比怪物更凶暴的獰笑，搶在對方慘叫爆發出來之前，手上抓著的筆電毫不猶豫地再鎖定她的身軀揮擊出去。

「啊啊啊啊啊啊啊啊！」駱依瑾真的迸發出淒厲的叫聲。

同時慘叫出聲的還有另一人。

「啊啊啊啊我的心肝筆電！」柯維安摀著心口哀號，看起來簡直要哭出來。

小白硬著心腸裝作沒聽見，他看著駱依瑾重重摔墜在地，兩張嘴巴都在痛苦慘叫，尤其背後的血盆大口還間接傳出乾嘔聲。

就在小白決定再揮出一擊之際，另一道聲音搶先行動了。

「汝等是我兵武，汝等聽從我令，電隨意走！」

五張泛著白光的符紙射出，圈繞於駱依瑾身邊。

在楊百罌咒語的催動下，白光越來越耀眼，然後串連一塊，張成電網，覆蓋在對方身上。

駱依瑾痛苦掙扎翻滾，尖銳的悲鳴不絕餘耳，眼裡的紅光幾近暗下。

但毫無預警，那些電光霍然消隱，連符紙自身的光芒也消失，纖細的女孩身影宛如力氣用盡地跌跪下去。

「楊百罌！」小白大驚，一個箭步衝上，只來得及扶住她往後靠的背。

駱依瑾沒有錯放這個大好機會——她只剩下一口氣，拋棄宿主的身體會使她更脆弱，但總好過被限制逃命的速度——她體型瞬間越縮越小，最後像顆小球般竄向敞開的大門，僅留下地面一大灘如黑色泥巴的物質。

顧不得逃逸的瘴，柯維安收起毛筆，深呼吸了幾口氣，確定雙腳不再疲軟得那麼嚴重，趕忙跌撞地跑向楊百罌。

「班代、班代，妳還好嗎？妳的法術怎麼會突然……難道說，妳的靈力……」柯維安的聲音忽然變得遲疑，眼裡也湧上擔憂。

「什麼意思？」小白皺著眉問，手還是幫忙攙扶著楊百罌。

「就是……不是任何人都能成爲神使或狩妖士的，這兩者都需要自身擁有靈力，也就是那種可以對妖怪造成傷害的力量……」柯維安說，「但是就像人的體力用盡需要休息一樣，靈力用光也要時間休養。而神使，因爲還有神明分予的神力，所以在這方面……」

「狩妖士的靈力……向來比神使更容易耗盡。」楊百罌睜開眼，雖然臉色蒼白，但一發覺自己被小白攙扶，立刻挺直背，如同逞強般不肯示弱，「……柯維安，我眞羨慕你。」

「咦？」柯維安以爲自己聽錯了。

「啊？」小白也以爲自己聽錯了，他眉頭皺得更緊，「羨慕這小子？他有什麼好羨慕的？根本比妳還快就沒力。」

「等一下！小白，我要抗議，我沒的是體力，靈力可是還有！你看我的筆電還有光就……啊啊啊！我的心肝啊！」柯維安的抗議猛然變成哀號，他蹦跳起來，手指顫顫地比向小白，「小白你好狠的心……居然就這樣對待我的小心肝寶貝……」

「啊，抱歉。」小白頓時也覺得有些過意不去，畢竟被他拿來當武器的可不是什麼球棒、掃把，而是脆弱的高科技產品。但他很快又瞇起眼，將筆電翻來翻去。

「等等，你的筆電看起來根本就沒有問題，一般有可能這樣嗎？」小白可是記得自己做了什麼，他毫不留情地拿著筆電砸上駱依瑾的臉，又攻擊她的身體，但沒想到筆電上連最細微的刮痕也看不到。

「欸嘿嘿，因為它不是一般的筆電嘛！」柯維安忍不住得意地挺起胸，「一般筆電哪可能不插電還撐那麼久？這是我師父給我的，重點是還耐摔、耐撞，就算從雲霄飛車上掉下來，也毫髮無傷的唷。」

「那你靠……那你幹嘛還在那鬼叫？」小白粗暴地將筆電塞至柯維安懷裡，最後的愧疚之心也消失得無影無蹤。

「咦？啊哈哈，因為人家下意識還是會心疼……」見小白眼神越來越不善，情急之下，柯維安發現那灘由瘴留下的黑泥裡，似乎有什麼在蠕動，連忙大叫出聲，好轉移對方的注意力，「小白，你看！」

但是一脫口喊出，柯維安自己隨即緊張地跳起，抱緊筆電，做好警戒的準備。天知道駱依瑾……不對，是那隻瘴留了什麼給他們？會不會趁人不備地展開偷襲？

三雙眼睛不敢鬆懈地緊盯黑泥中心。

即使力量幾乎耗光，楊百罌還是攢緊數張符紙。

在三人的注視下，蠕動的東西終於從黑泥中掙脫出來，跌滾至一邊，發出了微弱的咳嗽聲。同時，那些黑泥竟也在慢慢地凝成人形，最後漆黑的色彩褪掉，躺在地上的是雙眼緊閉、失去意識的短髮女孩——駱依瑾。

但比起駱依瑾，三人的目光還是緊盯著那團黑色泥球。

下一秒，小白猛然像被觸動什麼，立即一個箭步上前。

「小白？」柯維安大驚，可是在他看見小白抓起那東西甩一甩，抖掉上頭沾到的黑泥後，眼中的大驚頓時變成了錯愕，「那、那是……」

「柯維安，那是什麼？」楊百罌問，不明白那顆看起來仍像裹滿爛泥的泥球是何種生物。

「咦？班代，妳不知道嗎？但妳不是曾派珊琳……唔啊啊！它的泥巴也通通掉下來了！小白，你會不會甩得太大力，把不該甩的東西都甩下來了？」柯維安白著臉驚呼，然而，下一秒，他的驚呼轉為抽氣。

不止他，連小白和楊百罌也震驚地睜大眼。

柯維安和小白都記得，那是被那隻瘴吃掉的泥球。可是當它身上所有爛泥都掉光後，顯露出的居然是抹小小人形，有著手腳、綠色長髮及深棕的眼睛。

但與其說像是縮小版的人類，倒不如說，更像由泥土捏出雛形的人偶。

現場三人都呆住了，那人形乍看下令他們想到某個人——珊琳。

「柯維安，她是什麼？」楊百罌的語氣有絲動搖。

「她……她是之前躲在文院二〇二教室的，班代，妳應該也知道吧？駱依瑾曾在那邊昏倒，然後還請病假，那時候就是這東西嚇到她。」柯維安下意識地說，「可是，她當時長得就像……」

「噓。」小白伸手截斷柯維安的話，被他拎提的人形似乎一邊咳嗽，一邊想擠出聲音。

小白小心翼翼地將她放下。

「咳咳……咳……阻止……」人形音量微小，看起來虛弱不已，「阻止……祭典……」

「祭典？山神祭嗎？妳是誰？」柯維安耐不住好奇，一口氣追問。

「是……山精……是山的靈氣，匯聚出來的……」人形舉起她小小的手，吃力遙指個方向，正是楊家後山的位置。「結界遭到毀壞，我追不敬者……但是，她也出來了……鎖定目標……祭典……請阻止，那不是山神祭……楊青硯要獻上祭品，她會吃了……」

「楊青硯？楊百罌，那是你們家的誰？」小白轉頭問道，卻看見褐髮女孩慘白著一張臉。

「是我爺爺……」楊百罌就像無法思考，茫然地說，「但是不可能……不可能……山神祭不需要祭品，它只是個祭拜山神的儀式。珊琳明明也說了，她要我帶同學和曲九江來，只是需要多一點人氣，讓這個停了七年的祭典熱鬧、順利一點……」

「什麼意思？妳這話是什麼意思？」小白繃緊了聲音，厲聲吼道：「所以妳從一開始自願出借場地，就是……」

「小白，先等一下！」柯維安急促大叫道：「這孩子還有話……」

小白硬是吞下話，楊百罌也回過神來。

那名小小山精睜大眼，看向楊百罌，小手霍然用盡力氣抓住她，「神明大人已經……是篡……殿……」

那是山精說的最後一句話，她握著楊百罌的小手變得透明，然後整個人跟著消失不見，地面只留下殘土和幾枚葉片。

楊百罌怔怔地看著地面，彷彿無法回神。

「篡殿？她說了篡殿，那是什麼意思？還有獻上祭品……要獻給誰當祭品？山神祭既然不需要祭品，那身為山神的珊琳也不可能會要……那楊老爺子又是要獻給誰？」柯維安喃喃地快速唸道，與其說他在問身邊同伴，更像是自言自語，「而且，又到底是由誰當……」

柯維安的聲音驀地卡住，他猛然看向小白，小白的瞳孔收縮，他們想起有個人失蹤了。

曲九江！

「不可能……不可能！爺爺不可能眞的將曲九江當成祭品！」楊百罌似乎連嘴唇也褪了血色，美麗的杏眼裡再也藏不住驚慌失措，聲音甚至是顫抖的。「一定是哪裡有問題……」

「還能有什麼問題？妳爺爺是狩妖士，曲九江是妖怪，他爲什麼不可能將他當成祭品？」小白低吼。

「不對！」楊百罌卻是激動地大叫出聲，一雙眼像燃上火焰般淬亮，所有冰冷假象至此全部碎裂。「就算曲九江是妖怪，爺爺也不可能將他當成祭品的……他怎麼可能將自己的孫子當祭品！」

「什——」小白愣然。

「孫……也就是說他是妳兄弟⁉」柯維安不敢置信地失聲喊，「班代，曲九江是妳的……但你們明明不同姓啊！」

「我從父姓，他從母姓……」楊百罌驟然失去力氣，挺直的背垮了下來，她垂著眼，低聲地說：「我們感情不算親，我們……我們從十二歲時就分開了。」

「所以是父母離婚……不對，等等。」柯維安一開始直覺猜想楊父和楊母恐怕是離婚，所以以兩個孩子才會分開，各自從不同姓。可是，他回想起自己從神使公會那收到的資料——楊家前任家主多年前因意外去世，留下一對雙胞胎兒女……

雙胞胎兒女!?

「班、班代，妳和曲九江是雙胞胎!?你們完全不像……不對，你們是同父同母的姊弟？但是、但是，曲九江是妖怪，難不成妳……」柯維安說得結結巴巴，雙眸瞪得又圓又大，彷彿無法相信目前聽到的一切。

曲九江和楊百罌是雙胞胎姊弟？個性天差地別的兩人，竟然有血緣關係？

「我的天啊，你們是『半』……」

「『半』？那又是什麼？」小白緊皺眉頭。

「就是異族混血的通稱，例如半妖、半神……這些我們都稱爲『半』。」柯維安解釋，一雙眼仍緊盯著楊百罌，「班代，妳眞的是……」

「……我的母親是妖怪，我不知道她的種族。」楊百罌閉上眼，希望藏起自己的脆弱，「但我沒有繼承到她的血統和妖力，我只是人類。我的弟弟，曲九江，他才是『半』……而這也是七年前他被我爺爺趕出楊家的原因。」

「出去，滾出去！永遠不要踏進我楊家一步！我楊青硯沒有半妖的孫子！」

楊百罌永遠不會忘記那一天，一直以來慈祥和藹的祖父就像徹底變了一個人，嚴厲冰冷地對弟弟大聲斥罵。

而那紅髮銀眸的孩子就像無法理解發生了什麼事，只能茫然呆愣地看著祖父，看著呆立在一旁的自己，看著那扇黑鐵大門阻擋在他面前，從此拒絕再爲他開啓。

楊百罌從小就已明白很多事。他們家族和一般人不太一樣，表面上是繁星市有名的地主，實際上，她的爺爺和父親都是狩獵妖怪、消滅妖怪的人。

他們被稱爲「狩妖士」。

不過，他們不是對所有妖怪都趕盡殺絕。她的爺爺就曾說過，妖怪有害人的、也有善良的，他們的母親就屬後者。

她的母親據說是某次與父親偶遇，雙方一見鍾情，然後結婚、生下了她和弟弟。

和她不同，弟弟繼承到母親的妖怪血統，頭髮有時候會變紅，眼睛有時會變銀。

她沒有很喜歡他，他們總是在一起，一起爭著父親、母親或爺爺，爭著家人的寵愛。

可是他們一直在一起，她沒有想過，他們有一天會分開。

楊百罌到現在還記得那時候的事。

那一年，他們十二歲，父親和母親因爲意外雙雙過世，然後一切都變了。

爺爺變得嚴厲、不苟言笑，並且認定父親的死是母親害的，是身爲妖怪的母親的錯，這股怨恨連累到繼承妖怪血統的弟弟身上。

於是就在十二歲那年，她和弟弟分開了。爺爺將弟弟毫不留情地趕出家門，從此不聞不問，也不曾再提過他的名字。

家中的僕人也被撤換一輪，只留下資深的張叔和幾人，弟弟在楊家像是不曾存在過一般；而她則開始接受嚴格的狩妖士訓練，由她成爲楊家的家主，但山神祭從未再舉行過。

接著，珊琳出現在祭祀山神的祠堂內。她的現身引來震撼，誰也沒想到山神眞的會到來。珊琳陪在她身邊，教她該怎樣狩獵妖怪，該怎麼把妖怪引至楊家後山，這樣珊琳就能把那些髒污的妖怪吞食掉。

她曾想要調查弟弟的消息，但爺爺防得很緊，全然不肯透露。

直到她考上了繁星大學中文系，新生入學那一天，她看見了曲九江，她一眼就認出那是她弟弟……

□

「我找到了！」

驀然一聲大叫，拉回楊百罌的全數思緒。

這名褐髮女孩咬了下唇，集中心神，望向無預警大叫出聲的柯維安。

在獲得山精的指示後，他們一行三人就急急地衝往山神祭舉辦的地點──祭祀著珊琳的那座石製祠堂前。

主屋外一片白霧飄蕩，能見度低，看不見那些從屋裡延伸出去的黑色影子通往哪一個方向，但也不至於讓人伸手不見五指。

顧不得之前寄附在駱依瑾身上的瘴仍舊在逃，楊家還被不知藏在何處的瘴入侵，三人不敢減慢速度，就怕被當作祭品的曲九江遭到不測。

途中，柯維安一邊被小白拉著跑，一邊用手機上網搜尋，他很在意山精說的那兩個字。篡殿。

經過一番查詢，還眞的被他找到了這兩個字的眞正意思。

「找到就快唸出來！」要幫忙抱著筆電，還要幫忙拉人跑，小白的不耐煩指數已經直直飆高，當下怒喝。

要不是記得自己還在跑，柯維安差點反射性立正站好。

「我這就唸了！」他趕忙眼睛盯住手機螢幕，「所謂的篡殿，指的就是邪魔歪道趁廟裡主神有事離開的時候，趁機……」

柯維安聲音忽然小了下去，腳步甚至不自覺停下。

感覺到身後人停下，小白也不得不停步。他惡狠狠地回過頭，卻看見後方的娃娃臉男孩不知爲何臉色蒼白。

「柯維安？」小白眼中浮現驚訝。

楊百罌繼續往前跑了好幾步，才注意到小白和柯維安落後了。她發現小徑前方有火光亮起，知道再往前就是山神祭的現場，但她還是停下腳步，往回折返。

「柯維安，怎麼了嗎？」楊百罌的嗓音已回復冷漠，彷彿之前在主屋裡的激動只是幻覺。

柯維安抬起頭，望著兩人，嚥了嚥口水，「我們……我們先往前走吧，我一邊再唸給你們聽。班代，那邊有光，再前面是不是就是祭典會場了？」

楊百罌點點頭。

「那，我們快走吧。」柯維安說著，率先往前走。

小白皺著眉，覺得對方的反應有些奇怪，但還是依言邁步。

「總之，所謂篡殿就是……」柯維安語氣聽起來不知爲何乾巴巴的，「就是……」

小白的眉頭越皺越緊，柯維安的態度吞吞吐吐，簡直像不願說出來。他毫不猶豫掏出手機，直接傳了簡訊給朋友，請對方幫忙上網查。

不到一分鐘，簡訊回傳了。

突來的嗶嗶兩聲嚇了柯維安一跳，原本說得含糊的話也登時中斷。

「是我的簡訊。」小白舉起手機，「我也請朋友幫我查了。」

無視柯維安大驚失色，他低頭檢視簡訊，然後表情倏地變了，眼眸突然睜大，隨後又變得面無表情。

小白總算明白柯維安不直接說出的原因。

「楊百罌，妳自己看吧。」小白將自己的手機遞給楊百罌。

下一剎那，楊百罌的臉凍住了。

篡殿，意指邪魔歪道趁廟宇主神有事離開時，趁機佔其所、竊其位，假扮僞神取代之。

楊百罌緊緊握著對方的手機，用力到指尖都發白了，卻不覺得痛。她現在只覺得有股可怕的寒意襲上，冷得令她難以呼吸。

「神明大人已經……是篡……殿……」

指的……是誰？

「我操縱了她，將她帶來繁星大學，再藏起她，再用一部分的力量做出虛假的分身。這戲演得很好，對吧？」

眞正的趙佩芬是最後才出現在路上，配合演戲的……又是誰？

楊百罌想起了那幕——蹲在地上，狼吞虎嚥地吞著什麼的背影——她感到全身都在發冷。

「不……」她艱困地吐出一個字。

這不可能，太荒謬了，這根本就不該發生！楊百罌內心有聲音大聲喊著。

無視其他兩人，她快步奔向前方，想親自確認。

然而當她終於接近小徑末端時，卻停下來了，雙腳像是生根，無論如何都難以拔動。

她看見數個火堆圍在祠堂周遭，數名僕人站在左右兩側，手中都舉著燭台。祠堂正前方佇立著一名頭髮灰白的老者。

即使對方沒有回頭，楊百罌也知道那是她的祖父。

楊青硯似乎沒察覺他人接近，頭也不回地舉起一隻手，就立刻有個僕役放下燭台，快步走向祠堂，從裡頭拖了一抹人影，將之拖至楊青硯的身後放下。

那人雙眼緊閉、頭髮微鬈；在火光映照下，五官輪廓格外深刻。

不是別人，正是失蹤的曲九江。

楊百罌連一句話也說不出來。她看著弟弟，看著祖父，最後再慢慢看向坐在祠堂屋頂、赤裸著雙腳，一頭長髮如今全往後梳綁，露出深棕色眼睛的綠髮小女孩。

她的髮絲碧綠如山林，她的眼眸深棕如泥土……

楊百罌看見他們家族的神，就坐在祠堂屋頂上。

第十二章

當火光映上臉的時候，曲九江費了一番力氣，才強迫自己不要睜開眼。時間還沒到，要再忍耐。他等著看這些曾是自己家的人，究竟想對自己做什麼。

打從一開始，曲九江根本就沒失去意識。他一直保持清醒，只是不讓任何人發現而已。

當房內被奇異的黑色藤蔓入侵時，曲九江同時也察覺了。他不動聲色地閉著眼，不打草驚蛇，也不出聲提醒同房的兩名室友。

就算名義上是合作夥伴，並不代表他就要負責兩人的安危。就算柯維安眞的出事，他還是能找到其他方法完成他的願望。

曲九江比誰都清楚楊家是個怎樣的地方，信奉山神、肩負狩妖士的責任。

既然如此，那些黑藤不可能無故出現，一定有誰指使——楊家的某一個人。

然後他發現自己被帶到一個冰冷陰暗的地方，供奉在桌上的石碑勾起他的回憶。

曲九江記得這裡是哪——山神祠。

他不可能忘記這個地方，不僅僅因爲它未曾變化過，而是因爲他就是在舉行完山神祭的隔天，被這個家毫不留情地趕出去。

曾經對他和善微笑的老人，露出了像看到什麼憎厭之物的冷酷眼神，咒罵著他身上的妖怪血統，彷彿無法容許他多留在這裡一秒。

黑鐵的巨大門扇從此隔絕他和那個家的一切，也將老人的身影和那女孩的驚惶神情遠遠隔絕在後。

那名女孩，楊百罌，他的雙胞胎姊姊。

他們明明是共同生活十二年的雙胞胎，卻完全不像，也不喜歡親近彼此。

他們總是爭著父母還有那名老人（在他被趕出去後，就不曾喊過「爺爺」）的寵愛。

忽然之間，什麼都不用爭了。

父母親去世，那名老人厭惡他的半妖血統，將他趕出去，所有一切都屬於他的姊姊。

但是，對方那張素來冷傲的臉蛋卻露出了無措的表情，驚惶地望著他，彷彿不知該如何是好。

很多年過後，那副表情才總算在他腦海中逐漸模糊。

即使他們後來在繁星大學中文系的入學典禮上再次碰面，他們也可以像陌生人般無視彼此，擦身而過……

火焰的劈啪聲驚回了曲九江短暫陷入過去回憶的神智，他感覺有腳步聲靠近他，接著是陰影籠下，有人在他旁邊停下腳步。

「信徒楊青硯。」那人開口了，聲音又低又沙啞，又像是在對誰宣誓著什麼，「奉山神的指示，再次舉辦山神祭。爲了彌補多年來的怠慢，在此奉獻上祭品，願我楊家，願我楊家之神，更加顯赫！」

沙啞的聲音最末拔得宏亮，在安靜的夜空下，反倒顯得詭譎不已。

曲九江忍不住覺得荒謬，縱使他離開楊家七年，可也從未聽過山神祭得獻上祭品。那不就只是個單純、愚蠢的祭拜儀式而已嗎？

曲九江原本還想靜待其變，但突地某種預感，促使他在電光石火間睜開了眼。

危機的預感！

火焰、陰影、銳利的冷光，有誰高舉短刀——頭髮灰白，曾對年幼的他和善微笑，一夕之間卻只剩憎厭的老者，如今又露出同樣冷酷眼神，高舉短刀，毫不猶豫地往他心窩刺了下去！

「爺爺，住手！」有誰尖銳大叫。

曲九江瞳孔收縮，黑眸瞬間褪成銀白，頭髮染成赤紅，五指成爪，迅雷不及掩耳地抓住那欲刺下短刀的手。

「老爺子，你這未免欺人太甚！」曲九江暴吼一聲，像震住了楊青硯，也震住了從旁衝出的楊百罌一行人。「七年前你逐我離家門，七年後你還想殺我，你把我當成了什麼！」

曲九江的手指緊緊抓住對方枯瘦的手腕，皮膚上隱隱泛起紅光。紅光猛地成爲火焰之前，他已重重甩開那隻手臂，逼得對方不止掉了短刀，還失衡地連退數步。

他就站在空地中央，右手攀繞焰火，彷彿連一頭紅髮也要燃燒起來，比周遭的火堆都還熾烈，一雙淡銀眼瞳則是如野獸般發出凶戾的光。

曲九江的視線對上了楊百罌，後者面色蒼白，眼眸大睜，美麗的臉蛋上又露出驚惶無措的表情。

七年前和七年後，一瞬間彷彿疊合在一起。

歲月退轉，他們似乎又隔著黑鐵大門彼此對望。

「我的天！小白，現在該怎麼辦？」與楊百罌一同衝出的柯維安，忍不住緊張地抓著小白的手臂，看著面前兩人，又看看楊青硯，他不敢相信楊家老爺子居然真的拿刀刺向曲九江……那不是他孫子嗎？

「閉嘴，你沒注意到嗎？」小白壓低聲音，忍耐著不將對方手臂甩開。「其他傢伙未免太不對勁了。」

「咦？」柯維安慢了一拍，才意識到小白說的是那些拿著燭台的僕人。

那群男女依舊直挺挺地站在原地，臉上沒有表情，對妖化的曲九江或是他們這幾個人，都沒流露吃驚表情，簡直像是毫無反應的木頭人偶。

柯維安嚥嚥口水，這已經不叫不對勁——而是大大有問題了！

但很顯然，楊百罌和曲九江還沒留意到這點，他們注意力都放在彼此和楊青硯身上。

「把你當什麼？」楊青硯揮了下仍在皮膚上留下輕微燙傷的手腕，冷冰冰地直視面前紅髮銀眸的青年，「我能把你當作什麼？你什麼都不是！百罌，還不快把刀子撿起來！然後制伏他，把他獻給我們的神！」

「爺爺！」楊百罌震驚地瞪著自家長者，不敢相信會從對方口中聽見這番話。

「還不快撿！妳連我的話都不聽嗎？」楊青硯鐵青著臉怒喝。

「這次我不可能聽你……」楊百罌喃喃地說，手指無意識揪緊衣領，指關節用力得發白，「我不可能聽……爺爺，你知道你在做什麼嗎？你叫我殺了弟弟，殺了你的孫子！」

楊青硯眉頭皺起，轉頭望著自己的孫女，然後說：「妳在胡言亂語什麼？妳什麼時候有弟弟了？我們楊家向來一脈單傳，我也只有妳這麼一個孫女而已。」

乍聞楊青硯這番話，楊百罌呆住了，連曲九江也愣了愣。

這對分開七年的雙胞胎姊弟，雙雙望向他們的祖父。

「什……」楊百罌只能吐出這個字，隨後她猛地扭頭，望向坐在祠堂屋頂的綠髮小女孩，臉龐蒼白如紙，眼眸中甚至有絲不易察覺的驚懼，「妳做了什麼？妳是什麼？妳難道……難道不是我族的神嗎？珊琳！」

面對那聲尖利的質問，珊琳咧開無邪的笑容。她從祠堂屋頂一躍而下，長長的袖襬像是蝴蝶展翅，輕盈地踩踏在泥土地上，背脊毫無彎曲。

同時，自一方突然飛來了顆黑色小球，在珊琳周身轉繞了幾圈，接著被她輕易一把抓住。

柯維安瞪大眼，屏住氣。那顆小球……那是之前寄附在駱依瑾身上、瘴的殘存體……

珊琳抓著黑球，下一秒送至嘴中，大大咬了一口、再咬一口，兩、三口就將它吃進肚裡。

抬手抹去唇邊污漬，珊琳揚起頭，發出了像是貓咪嗚咽的聲音，又輕又細，在深夜裡顯得無比詭異。

「那麼，你們又以爲我是什麼？」

隨著這句話傳來，剎那間，左右兩側的楊家僕役以及中央的楊青硯，全都不約而同地轉頭望向了楊百罌他們。

楊青硯臉上的表情也消失了，他和那些僕人們看起來，就和楊家主屋的那些人沒兩樣。

「要命，這可眞的是抽到最糟的下下籤了……」柯維安發出了呻吟般的虛弱聲音，手指無意識地抓緊小白的手，連指甲陷入了也不自知。

小白則像是沒感受到疼痛，只是瞬也不瞬地看著同個方向，下頷線條收得緊緊的。

在熾亮的火堆下，霧氣和黑暗都被驅逐後退。火光更是將所有人的影子照得格外顯眼，包括那些屬於他們的，或不屬於他們的。

大地上，宛如黑色藤蔓的黑影霍然浮現，穿越了柯維安他們的腳下。

而在楊青硯和那些僕人的雙腳上，同樣纏有藤蔓似的影子。它們向下延伸，連在地面的黑影上，簡直就像植物向下扎根，盤根錯節，最後全部匯聚在最中央也最粗大的脈絡上。伴隨著間斷的鼓動與收縮，繼續一路朝前伸展，然後來到珊琳的正下方。

一切都終止於珊琳的雙腳下。

那名孩子還是無邪地笑著，頭髮如山林般翠綠，然而，該像泥土一樣的深棕雙眼，此刻卻染成了鮮血般的猩紅。

那股環繞在主屋的妖氣，現在就出現在珊琳身邊。

柯維安忽然曉得，爲什麼珊琳可以吃掉那些「東西」了。

因爲妖怪可以吞吃妖怪。

因爲瘴，可以吞吃掉比自己弱小的瘴。

□

篡殿者是誰？操縱楊家的是誰？入侵楊家的瘴又是誰？

剎那間，一切問題都有了答案。

彷彿沒看見那一張張震驚或呆滯的臉孔，珊琳身影忽地一旋，眨眼就欺近了楊百罌身邊。

她髮絲垂落，拂上了楊百罌的肩頭，她的嗓音天眞爛漫……

「這七年來，把妖當神的感覺如何？」

——又無比地殘酷無情。

像是被楊百罌那如同當面遭到摑掌，退縮又不敢置信的表情取悅到，綠髮紅眼的小女孩發出了大笑聲，身影下一秒又出現在祠堂屋頂上。

「嘻嘻嘻、哈哈哈！」珊琳踢晃著赤裸的雙腳，開心地鼓掌，「太有趣了，這比我想像中更有趣！不過要玩，就要玩得更盡興一點，對不對？」

珊琳站起來，一雙眼眸猩紅似血，唇角彎起古怪又扭曲的弧度。

她說：「對吧？」

當這兩字如同落石墜入湖心、激起漣漪，那些手持燭台的楊家僕人們頓時將燭台一扔，不管男女，全都面無表情地朝柯維安等人撲了上來。

「哇啊！」柯維安不巧離其中一人極近，他發出哀號，但緊接著，身後就傳來一聲大吼。

「柯維安，蹲下！」

柯維安下意識照做了，接著感覺到頭頂上有什麼橫掃過去。從他的視角，他看見了那個本來要抓住他的男人似乎遭到某種重擊，搖搖晃晃了幾下，直接砰然倒在地面。

柯維安趕緊一回頭，正好瞧見小白收腿的架勢，那姿勢和氣勢完美得讓柯維安差點拍手叫好。不過他總算沒忘記還身陷在危險的場合裡，所以取而代之的是朝著小白露出感激的大大笑容，隨即猝不及防地將小白往後用力一推。

趁對方什麼都還沒來得及反應前，他手中已抓握住不知何時形成的巨大毛筆。

「抱歉啦，小白。這事明明和你一點關係也沒有，卻把你拖下水，所以我會保護你的。」

柯維安又露出開朗狡黠的笑，手中毛筆同時大力一揮劃。

「什……柯維安，你他媽的是想做什麼！」小白驚覺對方的意圖，登時臉色大變。但在空中生成的金色大字已烙印在他腳下，而且他的周身也被環起一層淡金色的障壁，宛如保護牆般將他困在裡面。

「柯維安、柯維安！你給老子解開這鬼東西！」發現自己居然被困在裡頭出不去，小白立刻大力搥打那層金色障壁，眼中像要噴出了火，看起來簡直就是憤怒至極的困獸。

柯維安敢打賭，要是這時候放對方出來，他一定是先揍自己而不是敵人。從小白連髒話都爆出口的情況來看，就可以知道他有多麼生氣……

「小白，你不戴眼鏡的時候，脾氣真的更差……哇！」從金色障壁上倒映出的影像察覺到背後有偷襲，柯維安連忙一縮肩頭，躲過了那根燃著火的木柴。

落空的火把撞上了金色障壁，卻是毫髮無損。

「柯維安！」小白氣憤地繼續搥打那層保護牆。

但柯維安裝作沒聽見，抱著毛筆，迂迴地跑給盯上他的幾名楊家僕役追。

那些人畢竟只是受到操控，不是被瘴寄附，他的武器沒辦法對一般人使出攻擊。

「我雖然逃命不算慢……可不代表我喜歡做這種事啊！」柯維安哀叫著，忽地腳下一轉，氣喘吁吁地回過身，毛筆對著已聚在一起的僕人們一劃，金墨在地面成線。

登時，那幾名僕人就像被封住了動作，維持原本姿勢，一動也不動地僵硬在那，像是古怪的雕像。

暫時解除己方危機，柯維安馬上向楊百罌和曲九江那方看去。

即使耗去了大部分靈力，但楊百罌的拳腳功夫仍舊不能小覷。面對那些包圍她的僕人，她動作俐落地閃避，或是直取能奪走對方意識的要害，長髮和裙角不時隨著她的攻擊飄揚。那畫面與其說是戰鬥，倒不如說是華麗的舞蹈。

猛然一個膝撞重擊在某僕人的腹部，抓準對方痛苦彎下腰的時候，楊百罌雙手交握，再重重往對方後頸迅速擊下。

任憑那人趴倒在自己腳邊，她立刻抬起頭，搜尋珊琳的身影。

那綠髮紅眼的小女孩仍站在祠堂屋頂上，神情愉悅得像是在欣賞什麼有趣的事。

「珊琳！珊琳！」楊百罌啞聲大喊，美眸裡各種激烈的情感交錯。她感受到心臟在大力跳動，手腳卻是冰冷無比；看見那雙不祥紅眸時，那股寒冷怎樣也無法揮去。

他們信奉的神是妖怪？他們狩妖士到頭來信奉的……居然是一隻妖怪!?

「這不可能……這種荒謬的事……妳到底……到底是什麼！」

「我？我等無名，但是他族給了我們一個名字，他們稱呼我們是『瘴』。」珊琳咧出歪曲的微笑，紅眼映出楊百罌絕望的表情，「不過這時候，在意這種事好嗎？楊家的小家主，妳重要的家人要被人殺死了唷。」

最末的幾字說得又輕又柔，卻重重擊上楊百罌的心頭。

爺爺……爺爺！楊百罌蒼白著臉轉過頭，瞳孔驟縮，瞬間瞧見了曲九江將某人單手提離地面的景象。

修長的五指覆住了那人的臉，緊緊扣住對方的頭。而臂膀處則正一圈圈地纏繞出赤紅的火焰。要不了眨眼工夫，火焰就會繞到指尖，進而毫不留情地燒灼那人的臉面。

火光下，曲九江銀眸森冷如冰，那根本不是人類會有的眼神。

楊百罌認出那人不是她的祖父，卻是她楊家的僕人。

曲九江想殺了他！

「住手，曲九江！」楊百罌奮力撲去，纖細的手指用盡全力抓住他的手臂，「我不准你殺……你不能殺了他，他只是人類！」

楊百罌使勁拉開曲九江的手臂，迫使他的五指失力而鬆開。

那僕人摔跌在地，但卻還沒失去意識，很快又爬了起來，胡亂抽出火堆中的木柴，就想朝曲九江或楊百罌再揮打下去。

「小心！」柯維安大叫，手中毛筆奮力扔出，不偏不倚剛好砸中那人的腦袋。

這次對方才眞的直挺挺倒了下去，昏迷不醒。

楊百罌急促地喘著氣，下意識看向柯維安，也看見那群被他封住行動的人們。

可是那當中沒有她的爺爺……她爺爺在哪裡？

心中剛湧上驚慌，楊百罌頓時就聽見一聲悶哼。那聲音是曲九江發出的，異常突兀。

楊百罌眸子駭然大睜，瞳孔映出曲九江被一隻手臂緊緊勒纏上頸項的影像。她以爲不見了的楊青硯，居然趁這個時候自後方出現，攻擊曲九江！

就算是妖怪，氣管受到大力壓迫也會感到痛苦。

曲九江神情扭曲，臉色漸漸發白，然而他卻遲遲沒有用自己纏繞上火焰的那隻手，去大力扯開楊青硯的手臂。

頭髮灰白的老者面無表情，像是不知道挾持住的人是自己的孫子。

楊青硯勒架著曲九江，慢慢往後退，他身後是熾烈的火堆。在即將觸及滾燙的火舌前，他終於停下腳步。

楊百罌面無血色，不敢貿然上前，也不敢有所動作。

只要楊青硯稍一動，就可能遭到烈火焚燒。

柯維安也不敢，他沒辦法保證自己的行動是否可以比楊青硯快，而他也看得出來，曲九江沒有做出任何會傷到身後老者的反抗，因爲……

「你爲什麼不反抗？」珊琳輕飄飄地躍下祠堂屋頂，她的身影變得透明，待再次聚爲實體時，已出現在楊青硯身後。

綠髮的孩子趴在楊青硯背上，似乎感覺不到火堆傳來的熱度，細聲地又問了一句。

「曲九江，你爲什麼不反抗？」

這句話觸及了楊百罌的內心，她立即將目光轉向曲九江，看著自己弟弟的眼神有絲茫然。

曲九江大可以輕易地揮開爺爺的壓制，他是半妖，力量不可能弱到哪裡去。如果他讓火焰攀繞上身體，或是使出那份不像人的力道，一定可以輕而易舉地……可是這樣，爺爺也會受到傷害。

楊百罌短促地吸了口氣。她一直以爲曲九江一定恨著爺爺、恨著她。七年前，爺爺將他趕出家門，她只能驚惶無措地看著。

「難道說……」楊百罌喃喃地開口，「難道你不恨……」

「噢，我看出來了。」珊琳笑嘻嘻地說：「曲九江，你根本沒有眞正恨過這個老傢伙，因爲他是你爺爺，因爲這人類是你的親人！這未免太愚蠢也太可笑了，一半的人類血脈讓你的腦筋變遲鈍了嗎？看樣子是，否則七年前你好不容易逃了出去，今日怎卻又傻傻地再送上門？」

珊琳這話，無異在眾人之間拋下了一顆震撼彈。

柯維安瞪大眼。逃？什麼意思？七年前，曲九江不是因爲半妖身分的關係，才被楊老爺子還怒地逐出楊家嗎？

「妳說逃？妳說誰逃了？」曲九江聲音又低又沉，臉上看不出表情，像戴了張空白面具。

「啊，我的確說錯了。」珊琳離開楊青硯的背上，落足在曲九江和柯維安、楊百罌之間。當她腳尖一碰上地面，那些遍布的黑色影子也跟著抽離楊家僕人腳下，密密麻麻地爬至她的腿上，再消隱不見。

可緊接著，珊琳清秀的臉蛋居然迸裂出一條又一條裂縫，乍看之下，簡直像是光滑的瓷器上布滿醜陋的花紋，襯著一雙紅得要滴出血的眼，說有多嚇人就有多嚇人。

柯維安震驚地倒抽一口氣。

「我說錯了，曲九江，你不是逃，而是楊青硯拚了命地在救你。」珊琳像沒發覺臉上的異狀，也或許是發現了卻不在意。她往後退了幾步，直到可以充分看見眾人的表情變化。

她咯咯高笑起，「那個愚蠢的老傢伙大費周章做了那麼多，到頭來還不是被我控制，現在就抓住你了嗎？」

楊百罌幾乎停住了呼吸，「什……什麼意思？難不成，爺爺當年是故意……」

珊琳拉開嘴角，露出歪斜的微笑。

「我不想吃女孩子，我喜歡的是健康的男孩子，帶著特殊氣息就更棒了，我想吃掉那特殊氣息的主人。曲九江，可愛的半妖，打從七年前看見你，我就想吃掉你了哪。」

當珊琳吐出這句話時，柯維安瞬間如遭雷擊。

假扮成趙佩芬的瘴和寄附在駱依瑾身上的瘴，都曾說過相同的話！

現在，就連珊琳也這麼說……不同的瘴，有可能說出一樣的話嗎？

一個瘋狂的猜測從柯維安心頭爬起。

而另一邊，楊百罌和曲九江也僵住。

長相完全不讓人覺得相似的這對雙胞胎姊弟，此刻臉上浮現的卻是一模一樣的震駭表情。

關鍵字眼讓他們深鎖在角落裡、不願觸及的記憶之盒倏然間開啓了。

七年前，爺爺／老爺子的性情在一夜之間忽然大變，忽然萬分痛恨起妖怪，甚至將父親身亡的事全怪罪到母親和曲九江／自己身上……

而那一夜之間，就是當年山神祭舉行完的隔天！

「山神祭……妳不是之後才出現，妳早在那一天就出現了，珊琳！」楊百罌扭曲了美麗的

臉龐，眸裡閃動著淒厲的光芒，「汝等是我兵武，汝等聽從我令，飛鳶！」

顧不得自己的靈力僅剩少許，她抓出了符紙，猝不及防擲射出去，高亢的嗓音裡充滿憤怒和絕望。

憤怒自己七年來居然都遭人矇騙；絕望自己七年來都將妖當作神明。

符紙瞬間摺成鳥形，尖銳的嘴喙齊攻向珊琳。

「山神祭……歡慶的時刻要到，祭祀的時刻要到，山神祭、山神祭，同歡慶……」珊琳似乎一點也不意外楊百罌突來的攻擊，輕盈地轉了身，稚氣的聲音哼唱著歌謠，讓那些符紙錯開她的身邊。

「這可是個特殊的日子，楊百罌。七年前的這天，我抓到了一隻可愛的山精。噢，那可不是那種剛成形、沒什麼力量的山精。她渴求著、渴求著，渴求再見到她的神明大人。她的願望如此強烈，大到整座山裡我都聽得見，她怎麼會以爲我發現不到她？因爲瘴最喜歡願望、渴望、希望，這些美味至極的欲望了。我接收了她的身體，我體貼地想要幫她完成願望。既然這座山已沒有神，我就讓她成爲神。這樣一來，她也用不著再找什麼神明大人了，不是嗎？」

珊琳輕易地再次閃避竄來的飛鳥。

「放棄吧，楊百罌。妳忘了，這七年來是誰教妳狩獵妖怪？」珊琳愉悅地大笑，不費吹灰之力再躲避過剩餘的幾隻飛鳥。

一隻、兩隻……不對，楊百罌最多一次可以使出七隻飛鳶攻擊，還有一隻呢？

珊琳的眼中猛地閃過愕然，她立刻搜尋起最後一隻飛鳥，她知道楊百罌不會浪費自己的攻擊。隨即，她看見那隻由符紙摺疊起來的飛鳥，居然轉竄射向楊青硯的方向。

「什……」珊琳來不及伸手阻攔，那隻飛鳥已啄刺向楊青硯的手臂，讓他鬆開手。

發覺脖子上的箝制鬆開，曲九江銀眸一閃利芒，迅雷不及掩耳地抓住楊青硯，大力將他拋扔向了柯維安的方向。

「咦？哇！」柯維安大驚失色地慘叫，但總算還是狼狽地用自己當肉墊，接住了楊青硯，「對、對不起了，楊老爺子……還有我的心肝寶貝！」

搶在楊青硯爬起之前，柯維安眼明手快地抓過一旁的筆電，閉上眼，往下敲了下去。楊青硯昏了過去。

而在柯維安手忙腳亂的當下，曲九江的身形如鬼魅般衝向了珊琳，五指成爪，焰火繚繞，凶暴地就要朝她的臉面抓下。

但珊琳身影快一步如霧消散，隨後再次出現於祠堂屋頂上。

火堆還在燃燒，可周圍不知何時集聚了濃密的白霧，環繞在這處庭院空地，連出入口也被隔絕開來。

在場所有人，都像被關在一片白茫茫的世界裡。

「出去，滾出去！永遠不要踏進我楊家一步，我楊青硯沒有半妖的孫子！」珊琳居高臨下地俯視眾人，嘴中卻吐出了不屬於自己的聲音。

曲九江像被抽了一鞭，身子僵直。

那是楊青硯的聲音，是他當年將自己趕出大門時曾說過的話。

「可憐又愚蠢的老傢伙，他以爲這樣就能保護你的安全，讓你遠離這裡？」珊琳的聲音又變回原先的稚氣，「即使他是狩妖士，即使他試圖抵抗我的操縱，但是心靈有空隙的人，又怎麼能逃過？失去家人讓他太傷心了，到最後還是只能成爲我的傀儡。而你，同樣愚蠢的你，我知道楊百罌想阻止你來。嘻，你的姊姊擔心你會受到那老傢伙斥罵，可你還是送上門了！」

那是第一次，柯維安見到自己的室友面色蒼白，眼裡甚至有一絲驚慌失措。

柯維安覺得，現在對方看起來像不知如何面對眼前眞相的小孩。可是比起這件事，他更在意珊琳說的那些話。

珊琳，或者說寄附在珊琳身上的瘴，從七年前發現曲九江是半妖時，就想將身爲半妖的他吃下肚。爲了阻止這件事，楊老爺子不惜佯裝對曲九江的血統生起憎厭，將他趕離家門……

爲什麼他會認爲將曲九江趕離就能救他？爲什麼珊琳這七年來都沒找上曲九江，而是等到至今？

柯維安快速眨眨眼，手心冒出冷汗，被他遺漏在一旁的碎片，如今終於拼湊完整了。

「結界遭到毀壞，我追不敬者……但是，她也出來了……鎖定目標……」

「楊百罌在講手機時，曾提到那個叫『珊琳』的孩子，是在星期三凌晨到她身邊，七年來第一次到外界。」

山精說過的話、秋冬語說過的話……柯維安的呼吸越漸急促。

「是駱依瑾……」說出這句話的人是被困在金色障壁裡的小白，他咬牙擠出了聲音，「是駱依瑾破壞了那什麼鬼結界，讓妳可以出來的！否則妳根本就離不開楊家和那座山的範圍！」

「猜對——全部了！」珊琳興高采烈地宣布，臉上嚇人的裂痕也越來越深刻，「這可愛山精的身體無法離開這裡，那個人類孩子倒是幫了我大忙，她毀壞了我找不到的結界。爲了感謝她，我呀……」

珊琳舔了舔嘴唇，紅眸瞇起，「還特地派了分身出去，想幫她將另一名小小的、無用的山精吃掉。不過她的欲望出乎意料地美味，我簡直愛死了這種神經病！」

珊琳的高喊和主屋裡駱依瑾的大笑，瞬間疊合在一起。

「那隻瘴也是妳……所以妳從頭到尾都不是在吃比自己弱小的瘴，而是將分身吸收回來！」柯維安瞪大眼，「這不可能……瘴製造的分身不該能再入侵另一個人類才對啊！」

「如果說，我吃了夠多比我弱小的瘴呢？」珊琳的眼上也迸開一條裂縫，看起來就像即將支離破碎的瓷娃娃，可她還是掛著古怪的笑，輕巧地躍下地，對著一時被眞相衝擊得無法動彈的眾人。

「繁星市的瘴很美味，不枉我辛苦教楊家小家主如何狩獵妖怪呢。不過，我確實吃夠多了，山精的身體看樣子快沒辦法負荷了。」她伸手撫上布滿裂痕的臉，「所以我改變主意，我要新的身體，剩下的就當我的食物──」

第十三章

珊琳猝不及防地出手了——

不對，根本稱不上出手，因為在她拔聲高喊的剎那，地上無預警鑽冒出大量黑色藤蔓。它們奇快無比地纏縛上曲九江、楊百罌、柯維安的身體，迫使他們來不及抵抗就蹲跪下來，其他黑藤陸續又纏上他們的手臂，纏得又緊又密，讓獵物無法掙脫。

柯維安和楊百罌發現自己動彈不得，連手指都被纏縛得發疼，根本沒法使用武器。

「曲九江、曲九江！你的火焰！」柯維安只能朝曲九江大叫。要想擺脫眼前困境，只能借助曲九江的半妖之力。

曲九江沒有回應，他試著拉動手臂，然後銀眸中閃現錯愕，彷彿發生了什麼預料外的事。

「不會吧……」柯維安不是笨蛋，他馬上察覺到了，而且注意到楊百罌臉色也是一白，似乎同樣想明白曲九江為什麼遲遲沒有動作。

「你以為這些東西是做什麼用的？」珊琳走近三人面前，紅眸裡只有純粹的惡意，「它們能夠吸食精氣喔，為我補充養分。曲九江，你乖乖地自願被綁到這邊，真是幫了我的大忙。覺得自己使不出火焰對吧？沒關係，你們很快就會連僅剩的力氣都沒有了。而只要神使筋疲力盡了，他的保護想必也會消失。」

珊琳在說這句話的時候，目光望向了金色障壁內的小白，她舔舔嘴唇，微笑中有著嗜血。

「妳！」楊百罌蒼白著臉，怒視珊琳，「這才是妳眞正的目的，要我把同學們找來……」

「可愛愚蠢的楊家小家主，妳現在才發現到嗎？」珊琳的眸裡紅光大熾，奇異的霧氣於她掌心生成，並在她指間流轉，那是和周遭不同的灰色霧氣。

她就像在擺弄綵帶般地舞著那些霧氣，身影似乎變得模糊，稚氣的咯咯笑聲則似遠似近。

毫無預警，灰霧環纏上了柯維安、曲九江和楊百罌。

珊琳身影融入霧裡，像是在奔跑，又像是緩步地繞著圈子，輕細的嗓音如影隨形、無所不在。

柯維安等人發現自己的思緒難以鎭靜時，已經來不及了。

「楊百罌，楊家的現任家主。渴望擁有更強的力量，渴望成爲更強大的狩妖士，甚至渴望成爲神使。因爲唯有神力，才能阻止靈力消耗得太快。」

那道身影似乎產生了分裂，三道模糊的影子分別湊近三人。

綠髮紅眼的瘴輕聲呢喃，轉而惡毒嘲笑。

「但是信奉的神卻只是妖怪，多麼可憐、多麼愚蠢，妖怪怎麼會有辦法讓妳成爲神使？到頭來妳終究空有力量，卻無神願意與妳締結契約！」

「曲九江，混合人類血脈的半妖。你的渴望……嘻嘻嘻、哈哈哈，你的渴望更有趣了！你恨的其實是被趕出楊家的自己，你想讓楊青硯刮目相看，但有什麼能比狩妖士的身分在楊家更受重視？有的，當然有的，那就是神使。你明明只是半妖，卻妄想成爲神使！那是不可能的，妖怪到死都不可能成爲神使，因爲神力和妖力永遠只會相剋！」

「多麼有趣、多麼可愛、多麼愚蠢。空有力量，卻無神願意締結契約的狩妖士；想成爲神使，卻一輩子也不可能的半妖。你們抱持的是永遠也不可能達成的願望，在這點上，你們眞是像得不得了的姊弟，楊百罌、曲九江……噢，我想你們也聽不見了。」

兩道模糊的人影同時說，她們疊合一起，臉上帶著愉悅笑容地看著紅髮青年和褐髮女孩被自己迷惑了心智，神情狂亂又恍惚，彷彿陷入只有自己才看得見的世界。

疊合的人影朝第三抹影子走去，珊琳的身形又從模糊轉爲清晰。她伸出雙手，捧住了柯維安的臉，滿意地看見在自己迷霧的效力下，對方的眼神已經失去反抗，透出空茫。

「柯維安，與神締結契約的神使。我眞好奇你的願望是什麼，不管是人、是神、是妖，都會有著不爲人知的欲望，讓我看吧。」珊琳低下頭，額頭抵上柯維安的前額，然而不到數秒，她的微笑凍結，幾乎是反射性地退離，睜大的眼眸不敢置信地瞪著男孩，「那、那是什麼？那怎麼可能會是……」

「別人的願望干妳屁事！用不著像個偷窺狂一樣地看！」突如其來的暴喝猛然砸下。

珊琳一驚，但就在她下意識抬頭的瞬間，整個人已被一隻大掌扯到一邊，隨即是一記強而有力的拳頭重重轟上她的臉。

珊琳瘦小的身子倒飛出去，再狼狽不堪地摔跌在地。或許是完全沒料到會有人直接赤手空拳對她展開攻擊，震驚與疼痛讓她張大了眼，一時間無法回神，對黑藤的控制力也隨之降低。

小白根本沒時間去注意珊琳的情況，他自己也沒想到那層光芒減弱的金色障壁，真的可以被自己打破。大力地揮扯開那些鬆脫的黑藤後，他一把抓住了柯維安的肩頭，用盡力氣呼喊對方。

「柯維安！柯維安！」

「沒用的……」珊琳嘲笑。

「你他媽的給我醒過來啊柯維安！」小白霍然將額頭猛力撞向對方，而就在觸碰到的瞬間，有什麼畫面流洩了進來。

小白睜大眼——那難道就是柯維安的……

「好……好痛痛痛痛！」在小白猶怔住之際，柯維安真的回過神來了，他第一件事就是摀著額頭慘叫，「小白，你這是謀殺……咦？小白？」

柯維安連忙停下大叫，他看著小白，再看看已經消失的金色障壁，接著一口氣把事情全回想起來了。

他倒抽了一口冷氣，「我……我被迷惑心智了嗎？」

「你得感謝你的願望太驚人，連瘴都嚇到……」小白揉著同樣發紅的額頭，看著柯維安的眼神就像在看變態。

不，不是像，小白現在眞的是將自己的室友當變態了。

「願……願望？小白你看到了？妳也看到了!?」柯維安臉色大變，震驚地對著珊琳大叫。

「別開玩笑了……」珊琳抹去臉上的血漬，紅眼散發憤怒的光芒，她沒想到身爲瘴的自己會講出這句話，「別開玩笑了！那怎麼可能會是神使的欲望！你一定是用了什麼辦法矇騙過我……神使怎麼可能會想對一堆三歲以下的人類幼兒左擁右抱！還不限男女！」

「……你眞是個變態，柯維安。」小白用冷酷的眼神看著柯維安。他從對方瞬間傳來的畫面中，看見的就是一大群小男孩、小女孩，個個天眞無邪，臉頰還紅撲撲的，而柯維安則坐在中央，那裡抱一個、這裡親一個。

「等一下，被窺探願望的我明明才是受害者……而且我只是喜歡小孩子，只是愛蘿莉、愛正太，只是用純潔正直的心喜愛他們而已！我可是紳士！」柯維安感到被冤枉，悲憤地大喊，然後他看見小白做了一件事，「……小白，爲什麼你站得比剛剛更遠了？」

「你那些話只顯得你更像戀童癖。」小白依舊冷酷地說，但終於知道對方的電腦螢幕和手機螢幕桌布爲何都是小孩子的照片。

「不要想藉此愚弄我……」珊琳嘶氣地吐出聲音，從地上爬起，「你、還有你，我決定直接讓你們成爲我的養……」

「汝等是我兵武，汝等聽從我令，明火！」

比珊琳話語更快的，是一團向她疾射而來的火球。

珊琳立刻躍起，手臂一抬，寬大的衣袖登時將那團威力其實不大的火球擋下。就算火焰的熱度甚至無法灼傷她，可是攻擊一出現，就表示了——

「班代，妳不要硬撐！妳……妳的腳在流血了啊！」柯維安擔心地看著楊百罌掙脫黑藤，不穩地站了起來，又在看清對方大腿出現一道裂口，不禁緊張地拔高聲音。

「那不礙事。」楊百罌深吸口氣，另一手抓的符紙就像扇子般攤展開來，邊緣則是染著紅漬，就連她的嘴唇也染著血。她是用傷害肉體的方式，讓迷亂的心智全部回歸。

可即使如此，楊百罌仍是恍惚覺得，那輕聲呢喃和惡毒嘲笑還留在她的耳中。

空有力量，卻無神願意締結契約的狩妖士……信奉的神到頭來原來是妖怪，妖怪怎麼有辦法讓人成爲神使……

停止、停止，不准再想下去！那正是瘴的手段！

「楊百罌，妳的明火只剩這種虛弱的威力嗎？」珊琳的另一隻手接住了往下墜落的火球，她捧在掌心中把玩，然後嘴唇湊近，一口氣吹熄了它。「妳看，如此輕易……這樣的狩妖士，還有那邊連站也站不穩的神使，你們該如何阻止我，又該如何阻止陷入狂亂的半妖？」

柯維安和楊百罌心裡一悚，他們慢慢轉頭看向了曲九江。

只見他還蹲跪在地，雙眸緊閉，冷汗滲出額頭，身上的黑藤不知何時已全數鬆開。

但是柯維安等人卻沒有鬆口氣的感覺，相反地，只覺顫慄爬上背後。

曲九江的身上確實沒有黑藤，可是腳底下，宛如藤蔓的黑色影子正接連著，向外延伸到——珊琳的腳上。

「不會吧……」柯維安艱困地嚥下口水，他看見楊百罌蒼白的臉上也閃過一抹驚慌。

正如珊琳所說，他們兩個已沒有多餘力量面對接下來的戰鬥，尤其是面對的還不止一個。

他們的敵人現在變成兩個，珊琳，還有受到她操控的曲九江。

「你們知道嗎？半妖充滿著缺陷，他不是人、不是妖，又容易受到妖的野性和人類的脆弱情感影響，要進行操弄可是比想像中更簡單。」珊琳輕巧地踩在曲九江身旁的土地上，「現在，讓我看看你們要如何阻止他，再如何打敗我。」

珊琳無邪又殘酷地咧嘴一笑。

蹲跪在地上的曲九江同時睜開眼，沒有冷傲、沒有戾氣，就只是受人操縱的空洞眼睛。

曲九江頎長的身子毫無預警衝掠而出。

他的右手化成了人類不可能擁有的獸爪，五指前伸冒出尖銳如鋼刀的指甲，只要隨意一抓，就能將人抓得皮開肉綻。

他第一個鎖定的目標是楊百罌，銀白的眼瞳冷酷地倒映出對方的身影，彷彿再也認不出那是和自己擁有共同血緣的雙胞胎姊姊。

「汝等是我兵武，汝等……曲九江、曲九江！」楊百罌根本無法完整唸出驅使符紙的咒語，那是……她的弟弟！她只能將僅存的微弱靈力注入符紙，讓它們鋼硬一如金屬，成爲阻擋的武器。

曲九江的利爪被擋下了，但是他的另一隻手速度更加飛快，迅雷不及掩耳地探出，眼看就要抓住楊百罌的臉。

「班代！」千鈞一髮之際，一支巨大毛筆橫了過來，然後笨拙地往曲九江擊打。

曲九江及時收回手，拉開距離。

柯維安抓著小白，氣喘吁吁，他眞的快站不穩了。他的體力本來就差，剛才又被黑藤吸去精氣，不過，他同時也感謝曲九江的精氣被吸食得更多，妖力衰退，無法使用火焰，否則他們幾個就要等著瞬間被掃平了。

「小白、班代……」柯維安緊抓小白的手臂，急促地說：「我們三個聯手，應該還是可以……曲九江現在使不出火焰，我們就把他當強一點的人類，這對我們來說是大好……」

柯維安的話忽然說不出來了，聲音卡住，雙眼駭然地瞪著某個方向。

「不可能……」楊百罌喃喃地說，語氣虛弱。

他們的正前方，曲九江的手臂皮膚透出紅光，眨眼化成赤紅灼熱火焰，從肩膀覆蓋到手指尖，輝映得那雙銀眸更加冷漠。

「不可能，妳不是說，曲九江已經……」柯維安望著珊琳，呻吟地說，可是下一秒他的娃娃臉扭曲了，他不敢相信地尖聲喊，「妳操縱他……妳強迫他消耗生命力轉爲妖力！該死的、該死的，妳怎麼能……」

「我爲什麼不能？他是隨便我操控的啊！」珊琳的身影出現在祠堂屋頂上，她開心拍手，咯咯高笑，「好了，快讓我看你們會怎麼辦？曲九江，先殺了你的姊姊，再殺那個人類，將討人厭的神使留下當最後一個！」

「柯維安，叫他跑！」楊百罌厲聲喊，她一個箭步擋在最前方，手中多張符紙攤展得更開，使之看起來就像一把摺扇。面對著緩步走近的曲九江，她手指緊捏得幾乎泛成青白。

他？誰？小白尚未反應過來，自己的手臂已被人大力抓住。

「小白，你快逃，快點逃出這裡！我和班代會擋下曲九江的，這本來就和你沒有關係，你不該蹚入這場渾水裡的！」柯維安將自己的筆電使勁塞進小白臂彎，慌得簡直像徹底失去方寸，「快走、快走啊！」

「沒錯，你快點逃開，然後我會去抓你回來！」珊琳大笑，「快點做出你的決定，你的決定是什麼？小白、小白，你的決定是什麼？」

「小白！」

「快走，不要留在這裡！」

珊琳的大笑、柯維安的叫喊、楊百罌的厲喝，所有聲音疊在一起，吵得小白無法思考。

「閉嘴、閉嘴……既然要我不蹚渾水，你一開始就不該拉我下水了，柯維安！」小白霍然怒吼，猝不及防地拍開對方，拔腿就是朝著曲九江衝過去。

他的動作太快，體力和精氣都被黑藤吸食大半的柯維安與楊百罌根本來不及攔他。

「小白！」

「小白！」

柯維安和楊百罌駭然大叫。

「太棒了，小白！你是我看過最愚蠢、最自不量力的人類！」珊琳笑得更歡樂，笑聲拔高得幾乎像在尖嚷，「你要故技重施嗎？你想喚回曲九江的神智嗎？不可能的，他那愚蠢又無法實現的願望，就像條繩子般勒住自己。你幫不了他，誰也幫不了！你做什麼都幫不了他的！」

「我叫你們全都閉嘴！」小白大吼，以超乎想像的速度逼近曲九江，搶在對方利爪探向自己心窩前。無視灼燙的火焰，他縮起身子，欺入對方懷裡，飛快一轉身，雙手抓住了那隻手臂，迅速地就將比他還高大的身子重摔出去。

「幹！有夠燙！」小白咒罵著，雙手掌心都被燙傷。但比起這份疼痛，他更加鮮明感受到的卻是從曲九江身上流洩過來的聲音。

「出去，滾出去！永遠不要踏進我楊家一步，我楊青硯沒有半妖的孫子！」

「那是不可能的，妖怪到死都不可能成爲神使，因爲神力和妖力永遠只會相剋！」

否定的聲音，以及那微小、像是隨時都會被人忽略的渴望的聲音。

——如果不是半妖，如果能夠成爲比狩妖士更受重視的神使，老爺子是不是就不會將我趕出去了？

那是曲九江藏在最深處，誰也不曾發現的眞正聲音。

小白在這一瞬間忽然發現自己的這位室友並不討人厭，他對大部分人事物都無動於衷，是因爲那些都不是他重視的，他重視的是他不曾說出口的小小部分。而且他還喜歡草莓蘇打，用幾瓶飲料就能輕易收服他。

所以，就豁出去試試看吧。

「小白！快離開曲九江！」見那被摔在地的紅髮青年再度有了動靜，柯維安驚慌喊道。

「曲九江，你這沒用的半妖，連人類也殺不了嗎？快殺了那個叫小白的人類！殺了他！」珊琳的雙眼越發猩紅。

「小白小心！」

「小白你快逃！快逃！」

小白覺得自己幾乎要耳鳴了，所有聲音都在吵，所有聲音都在喊著「小白」這個名字。

小白、小白、小白……

「白你老木啊！你們是靠杯的眞當老子沒有名字嗎！老子的名字叫宮一刻——曲九江你他媽的給我醒來！大不了老子收你做神使！」在班上總是被人稱爲「小白」的黑髮男孩暴怒一吼，抓住了曲九江的頭，狠狠將那顆腦袋砸撞上地面。

響亮的一聲，瞬間讓現場化爲死寂。

柯維安、楊百罌，甚至連珊琳都呆住，卻不是因爲那個黑髮男孩突然做出的粗暴舉動。他們震驚地看著對方，看著他周身突然像有鏡片碎裂一般，黑髮男孩的影像也跟著一片片崩碎。

不是說他消失了，相反地，他還在，然而那頭漆黑髮絲瞬間全成了張狂的白。而在他猶然抓按住曲九江的頭的左手上，從無名指部分開始出現一圈橘色的奇異花紋。

剎那間，那圈花紋猛地擴張了勢力範圍，轉眼擴及整條手臂，進而攀繞到肩胛、脖子，還有半張臉龐。

珊琳臉色驚恐大變。

那是……神的氣息……

那是……神紋！

「那、那些碎片……那是幻術碎裂的痕跡……」柯維安目瞪口呆，結結巴巴地說，卻連話都沒法說完整，巨大的震驚奪去了他的發聲能力。

柯維安作夢也沒想到，和他當了半年以上室友的小白，不但用幻術藏起眞正的髮色，而且居然也是神使。

等一下、等一下……所以那時候小白才會說出……

「你的武器到底是電腦還是毛筆？一般來說不是只有一件嗎？」

一般來說神使的武器只有一件，但會知道這種事的也只有神使……原來小白早就洩露了線索，但他卻沒有發覺！

不，那眞的是神使嗎？柯維安覺得嘴巴發乾。神紋的大小反應出自身力量的大小。此刻在他眼前，一頭張狂白髮、眼神銳利的男孩，左半邊裸露在衣服外的肌膚都爬滿了橘色的神紋。

與其說那是神使，倒不如說那已經接近……

「曲九江，聽到的話就說我願意！」白髮男孩一把抓起曲九江的頭，對方的銀眸裡出現了空茫以外的波動，「我和你一樣都是『半』，我不知道我能不能，但我猜我們可以試試……該死的，我他媽的爲什麼要聽一個男人說『我願意』啊！」

曲九江的焦距終於聚集，他感覺到自己的頭痛得半死，頭髮也傳來被揪扯的疼痛。接著看見眼前有個陌生又熟悉的男孩一臉鐵青，他不太確定中間發生了什麼，但他認出了那一頭張狂的白髮。

在他剛入學時，偶然瞥見室友手機裡的照片，照片裡他室友是一頭白髮，與當時的黑髮截然不同，所以他隨意幫對方取了「小白」這個綽號。

他替自己那個叫作宮一刻的室友，取了「小白」的綽號。

曲九江齜牙咧嘴地笑起，不顧臉部肌肉傳來疼痛。他不太確定中間發生什麼事，可是他記得小白說的那句話。

「曲九江你他媽的給我醒來！大不了老子收你做神使！」

那傢伙說自己也是個「半」，能收人當神使的就只有神……半神和半妖，聽起來還算可以接受……

於是曲九江猛地抓握住白髮男孩的手。

「我們就賭吧，宮一刻，不管行不行……」紅髮的半妖沙啞開口，臉上的笑容狂傲又猙獰，「我曲九江，願意成爲你的神使！」

霎時，抓握住的雙手間爆出白光，隨即光芒如水流，飛快湧動爬上曲九江的手指、手臂。

「不可能……不可能！」珊琳尖聲大吼，「妖怪怎麼可能有辦法成爲神使——」

在珊琳不敢置信的尖叫聲中，白光終於在曲九江的脖子以及下巴側邊停下，成爲白色的光紋。它們勾勒出古怪的圖騰，然後就像刺青般，靜靜附著在他的皮膚上。

神力的氣味如此明顯。

那是神使的證明，神紋。

楊百罌怔怔地看著這一幕，腦海中的某個角落似乎傳來了碎裂的聲音……

〈夜祭與山神歌謠〉完

後記

各位好久不見，這裡是閉完關終於放出來的琉璃XD

後記有捏到劇情，已經看完書的就請放心地繼續看下去吧～

不知道大家在看見「小白」出場的時候，有沒有猜到他的眞實身分？是的，就是《織女》當中的宮一刻同學！如果還沒有看過《織女》也沒關係，因爲這會是一個全新的故事，會從不同的角度來介紹神使，以及神使公會，當然也少不了各種妖怪。

這次的重點和上一部作品不同，重心不再是放在神的身上，而是神使與妖怪，許多角色的個性也是新的挑戰。個人最喜歡柯維安，看起來無害有時又聒噪，但卻也有著狡猾的一面XD

在〈夜祭與山神歌謠〉中，時間點拉到了大學時期，同時也讓我自己重溫了一下當初的大學生活。裡面有不少場景是借用自己的學校，假使有人發現是哪一所的話，歡迎來告訴我，說不定我們還是校友喔。

接著我要來懺悔一下（艸）原本是打算要在一集內交代完山神、楊家和曲九江之間的故事，但寫著寫著、寫著寫著，字數完全居然超出了我的預料之外……發現要將整個故事講完的話，起碼還有幾場戰鬥和最後說明，那些劇情眞的塞不下，只好忍痛移到下一集。

面對曲九江成爲神使，楊百罌該如何面對自己的心情？

而楊家眞正的山神如今究竟位於何方？

這些都會在下一集揭曉的。當然，新的角色也會陸續登場！

最後來放出關於下集預告的關鍵字：

謊言、貓男孩、不可思議社的成立。

我們第二集見了～

醉琉璃

【下集預告】

渴望成爲神使的少女，強烈欲望引來瘴的窺視。
被妖怪操控、玩弄的狩妖士家族，
能否掙脫束縛，重新尋回與山神的羈絆？

柯維安接到新委託，
見義勇爲的紅傘正妹向他們尋求庇護。
半夜出沒的貓男孩與傳說中的百魂妖怪是何關係？
神使公會神祕面紗，即將揭露！

卷二・百魂妖怪與貓男孩

今夏漫展火熱推出！

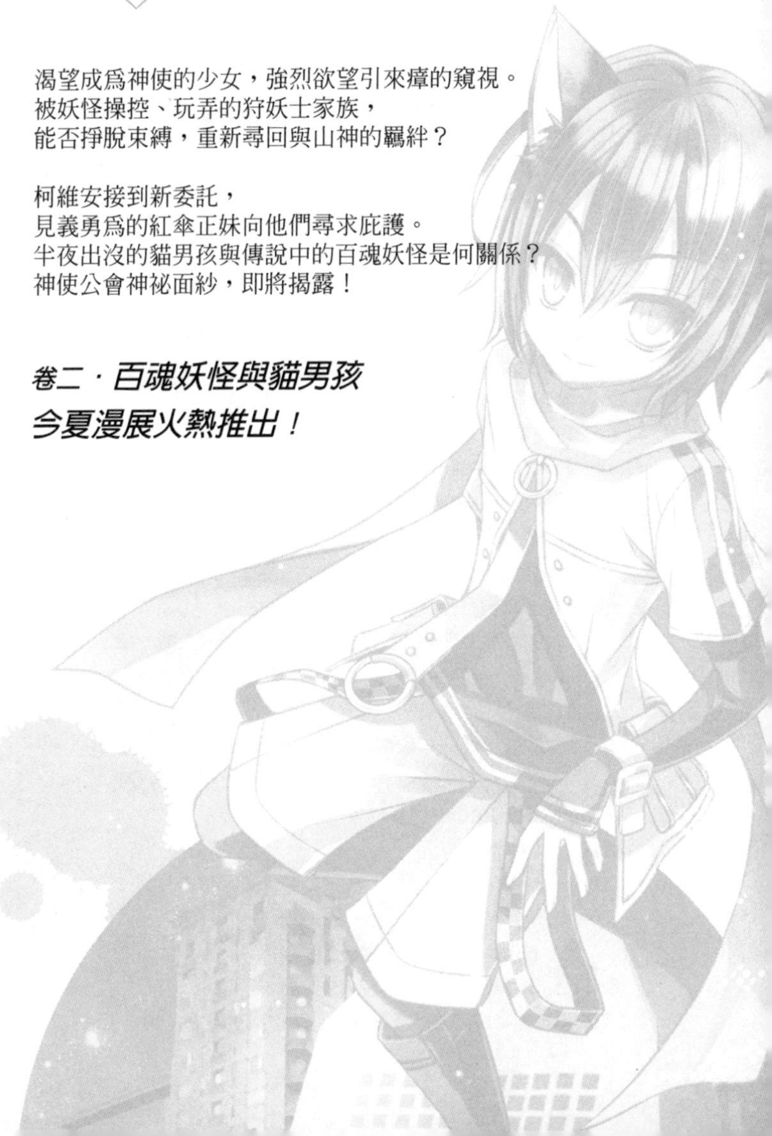

國家圖書館出版品預行編目資料

神使繪卷. 卷一,夜祭與山神歌謠 / 醉琉璃 著.
——初版. ——台北市：魔豆文化出版：蓋亞文化發行，2013.07
面； 公分.（Fresh；FS042）
ISBN 978-986-5987-22-0
857.7 102012371

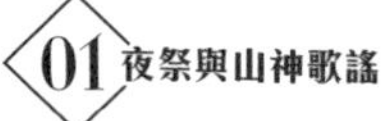

作者 / 醉琉璃
插畫 / 夜風　　封面設計 / 克里斯
出版社 / 魔豆文化有限公司
地址◎ 台北市103赤峰街41巷7號1樓
電話◎（02）25585438　傳真◎（02）25585439
部落格◎ gaeabooks.pixnet.net/blog
臉書◎ www.facebook.com/Gaeabooks
電子信箱◎ gaea@gaeabooks.com.tw
投稿信箱◎ editor@gaeabooks.com.tw
郵撥帳號◎ 19769541　戶名：蓋亞文化有限公司
發行 / 蓋亞文化有限公司
法律顧問 / 宇達經貿法律事務所
總經銷 / 聯合發行股份有限公司
地址◎ 新北市新店區寶橋路二三五巷六弄六號二樓
電話◎（02）29178022　傳眞◎（02）29156275
港澳地區 / 一代匯集
地址◎ 九龍旺角塘尾道64號龍駒企業大廈10樓B&D室
電話◎（852）2783-8102　傳眞◎（852）2396-0050
初版六刷 / 2016年10月
定價 / 新台幣 220 元
Printed in Taiwan

ISBN / 978-986-5987-22-0

FS042

魔豆文化　讀者迴響

感謝您在茫茫書海中選擇了魔豆，您的支持是我們最大的動力。
不要缺席喔，讓我們一起乘著夢想的羽翼，穿越時空遨遊天地！

姓名：　　　　性別：□男□女　　出生日期：　年　月　日
聯絡電話：　　　　手機：
學歷：□小學□國中□高中□大學□研究所　　職業：
E-mail：　　　　（請正確填寫）
通訊地址：□□□
本書購自：　　　縣市　　　　書店
何處得知本書消息：□逛書店□親友推薦□DM廣告□網路□雜誌報導
是否購買過魔豆其他書籍：□是，書名：　　　　□否，首次購買
購買本書的動機是：□封面很吸引人□書名取得很讚□喜歡作者□價格便宜□其他
是否參加過魔豆所舉辦的活動： □有，參加過　　場　　□無，因爲
喜歡出版社製作什麼樣的贈品： □書卡□文具用品□衣服□作者簽名□海報□無所謂□其他：
您對本書的意見： ◎內容／□滿意□尚可□待改進　　◎編輯／□滿意□尚可□待改進 ◎封面設計／□滿意□尚可□待改進　◎定價／□滿意□尚可□待改進
推薦好友，讓他們一起分享出版訊息，享有購書優惠 1.姓名：　　　e-mail： 2.姓名：　　　e-mail：
其他建議：

廣告回信 郵資免付
台北郵局登記證
台北廣字第675號

魔豆文化有限公司　收

103 台北市赤峰街41巷7號1樓

魔豆

魔豆